KREUTZERSONATE

Ander werk van Margriet de Moor

*Op de rug gezien* (verhalen, 1988)
*Dubbelportret* (drie novellen, 1989)
Lucy B. en C.W. van der Hoogtprijs 1990
*Eerst grijs dan wit dan blauw* (roman, 1991)
AKO Literatuur Prijs 1992
*De virtuoos* (roman, 1993)
*Ik droom dus* (verhalen, 1995)
*Hertog van Egypte* (roman, 1996)
*Zee-Binnen* (roman, 1999)
*Alle verhalen* (2000)

Margriet de Moor

# *Kreutzersonate*

2001

*Uitgeverij* Contact

Amsterdam/Antwerpen

Eerste druk (gebonden), oktober 2001
Tweede druk (paperback), oktober 2001
Derde druk (paperback), oktober 2001


Omslagontwerp www.artgrafica.com
Foto auteur Ronald Hoeben
Omslagfoto Barnaby Hall/Image Store/Photonica

ISBN 90 254 1290 4
NUGI 300
D/2001/0108/722

www.boekenwereld.com

*De plicht van de kuisheid houdt nogal wat in. Willen wij dat onze vrouwen hun bereidwilligheid intomen?*

*Ik zie geen huwelijken sneller*
*de mist ingaan en mislukken dan*
*wanneer ze gericht zijn op schoonheid en*
*amoureuze verlangens. Er zijn steviger en duurzamer*
*fundamenten nodig, en een oplettende blik; dat onbekookte*
*gedrag is nergens goed voor.*

Michel de Montaigne

# I

Tien jaar later ontmoette ik de blinde criticus opnieuw, de patriciërszoon Marius van Vlooten die zich als student om een ongelukkige liefde een kogel door het hoofd had gejaagd. Hij stond als laatste in de rij voor een van de incheckbalies op Schiphol en doordat er rond zijn enorme, gebogen gestalte iets woedends hing, herkende ik hem meteen. Zijn schedel glansde. Gehuld in de donkerblauwe regenjas die hij ondanks het mooie zomerweer had aangetrokken, schuifelde hij tikkend met zijn blindenstok met de rij mee naar voren. Ik herinnerde me dat ik me er destijds over verbaasd had hoe onhandig hij vaak onder het voortgaan met zijn stok de grond aftastte, alsof hij verzuimd had in het begin van zijn blindheid, in de jeugd ervan, dit speciale zintuig te trainen en het de juiste gewoonten bij te brengen. Ik sloot achter hem aan. Aannemend dat hij net als ik onderweg was naar de Festspiele in Salzburg, besloot ik mij bekend te maken.

Ik kuchte. 'Meneer Van Vlooten...' Daarna legde ik even mijn vingers op zijn arm. Ik wist nog dat voor een blinde de mensen door hun stem en hun aanrakingen plotseling uit het niets te voorschijn komen.

Ik noemde mijn naam. 'Misschien herinnert u zich

mij niet meer, maar wij hebben elkaar ontmoet...'

Zich abrupt naar mij toekerend, legde hij me met een gebaar van zijn hand het zwijgen op. Ik keek hem recht in het gezicht. Met een schok zag ik hoe het veranderd was en kon amper geloven dat het de tijd was geweest die deze ravage had aangericht. Onder zijn ogen lagen zwarte kringen en een krachtige spier trok een mondhoek omlaag. De put die het revolverschot van toen boven zijn oor had achtergelaten, kende ik al en hij wekte in plaats van schrik enkel een vlugge herinnering aan zomeravonden, aan uitgelezen maaltijden onder kroonluchters en aan de kleine canon van viool en cello op het motief cis d cis b cis fis-d cis b: de omstandigheden van onze eerste ontmoeting.

'Natuurlijk herinner ik me u!' onderbrak hij mijn klankvisioen en ik herkende zijn hese bekakte stem. 'U bent de jongeman in wiens gezelschap ik ooit naar Bordeaux ben gevlogen.'

'Ja,' zei ik meteen. 'We hadden een lange tussenstop in Brussel.'

Hij stak zijn nek naar voren.

'Óf ik me u herinner, u en uw soort!' Zijn gezicht werd rood. 'Pienter, belangstelling voor veel te veel dingen tegelijk en dus zonder enige ware hartstocht. Studie aan het Musicologisch Instituut van de Universiteit van Amsterdam. Een beurs, een bijbaantje, geen cent van thuis, afgestudeerd op Schönberg.'

Onwillekeurig knikte ik.

'Een aantal kortstondige liefdesverhoudingen die jullie relaties noemen met vrouwen die jullie vriendinnen noemen. Ten slotte trouwen jullie er eentje na voor jezelf logisch en goed beargumenteerd uiteengezet te hebben waarom zij de ware is, en wordt er een hypotheek op beider naam afgesloten. Ik zou u willen vragen: wat richt dit alles in godsnaam uit?'

Hij sprak met schaamteloos toenemende kwaadheid. In de rij keek men om. De woede, de gebelgde onvrede rond zijn persoon die mij destijds al was opgevallen en die ik voetstoots en vol begrip op zijn jeugddwaasheid had betrokken, was klaarblijkelijk overgegaan in razernij. Ik bekeek hem zwijgend tot hij zich met een duidelijk hoorbare grom van me afwendde. Zonder enige overgang, alsof ik verdiept was in een boek, dacht ik: de daad zelf is niet doorslaggevend, wat telt is wat de gevolgen je laten doen.

Het was halfzes in de namiddag. Door de ramen van de vertrekhal viel de augustuszon naar binnen. De rij schoof maar langzaam op. Aan de balie werd niet alleen voor Salzburg, maar ook voor Boekarest ingecheckt, wat lange en taaie onderhandelingen over de vreemdsoortigste bagage met zich meebracht. Ik had alle tijd om aan het drama te denken dat hij, Van Vlooten, tien jaar geleden zijn liefdesstommiteit had genoemd terwijl hij me de feiten uitvoerig maar zonder tragisch vertoon vertelde nadat we op de luchthaven van Brussel waren gestrand.

Ook toen was het zomer. De zomer is het seizoen van de muziekfestivals, de concoursen en de masterclasses. Ik was op weg naar Bordeaux, waar in het Château Mähler-Bresse een masterclass voor strijkkwartetten gegeven werd. Na lange smeekbeden had men ook Eugene Lehner, voormalig altist van het legendarische Kolisch Kwartet, weten aan te trekken. Voor een studie waaraan ik werkte, hoopte ik de musicus tussen zijn bedrijvigheden door te spreken te krijgen. Dat hij nog leefde en door mij te benaderen was, leek mij iets ongehoords. Niet door zijn leeftijd, hij zal tegen de zeventig zijn geweest, maar doordat hij een bepaalde oplettendheid, een bepaalde door het gehoor gestuurde toewijding die paste bij een donker, eigenlijk al verdwenen tijdperk nog levend in zich droeg.

Waarom ik besloten had met het vliegtuig te gaan, weet ik niet meer. Ik houd van treinreizen, ook tegenwoordig nog, want hoewel de moderne TGV een kapsonestrein is met een snelbuffet, met stoelleuningen die je niet op kunt klappen en met een purser die zich door de intercom in drie talen met voor- en achternaam aan je voorstelt, je zijn persoonlijke diensten belooft en zich dan op het hele traject nog geen seconde vertoont, heb je nog altijd de stations. Overkappingen, seinpalen, wissels, van achter het raam van je coupé staar je naar de langzaam verdwijnende Salle d'Attente Première Classe: een schuddende, zacht stotende wereld met banken van waaraf reizigers zich naar elkaar toebuigend over hun leven vertellen, ligt op een haar na nog voor het grijpen.

Toen ik aan boord van het toestel naar Brussel kwam, zat Van Vlooten al aan het gangpad op de stoel naast de mijne. Ik kende hem, zij het niet persoonlijk. Hij gold en geldt als een briljant criticus, onafhankelijk, die met een fijne pen bijvoorbeeld kan aanduiden wanneer de buitenissigheid van de twintigste-eeuwse muziek een doel is, een uitvlucht, en wanneer ze het onontkoombare resultaat is van de geest die een standpunt inneemt. Dat hij toeristenklasse reisde, verwonderde me niet. Het was bekend dat hij om wat voor reden dan ook zijn materiële rijkdom voor de wereld wenste te verbergen, een eigenaardigheid waarover ik iemand een keer had horen opmerken: 'als een oosterse vrouw haar mooie gezicht'.

Ik excuseerde me. Hij kwam overeind. Ik schoof voor hem langs. Het toestel steeg op met niet meer dan een halfuur vertraging, wat voor mijn aansluiting naar Bordeaux geen probleem zou opleveren. In de vijfentwintig minuten die de vlucht duurde, aten mijn reisgenoot en ik een croissant, dronken een kop koffie en daar bleef het bij. In gesprek met elkaar kwamen wij pas toen Van Vlooten in de hal van de Brusselse luchthaven ondanks zijn gezwaai met zijn blindenstok tegen een marmeren zuil opbotste.

Hij stapte achteruit.

'Wel verdomd!'

Daar was ik, vlak achter hem aan komend, en pakte hem bij de arm.

'Hebt u zich bezeerd?'

Het voorval vond plaats kort nadat we hadden gehoord dat de vlucht naar Bordeaux voor onbepaalde tijd was uitgesteld. Wat we nog niet wisten, maar in de loop van de middag in brokstukken zouden opvangen, was dat de Boeing 737 die ons naar Bordeaux had zullen brengen, onder nog onopgehelderde omstandigheden met honderdvijftig passagiers aan boord op Heathrow was verongelukt.

'Bezeerd, ach wat! Die pilaar stond op zijn minst een halve meter te ver naar voren. Maar weet u wat, komt u mee, laten we de bar opzoeken. Ik bied u een whisky aan.'

Hoewel ik er geen idee van had waar zich hier tussen de kiosken en loketten de bar bevond, nam ik behulpzaam zijn elleboog. Al na een paar stappen merkte ik dat hij wist waar hij heen moest en verliet ik me op zijn richtingsgevoel. Onder het doorkruisen van de rest van de hal zei hij geen woord. Onder het afleggen van een meter of veertig winkelgalerij gaf hij me de indruk de adem in te houden. Juist toen ik hem met een handdrukje wilde omleiden omdat er een grote passagierstrolley op het pad stond geparkeerd, zwenkte hij naar rechts. Pas toen we het vehikel passeerden, tikte hij het even met zijn stok aan, ter controle naar het leek en jawel, het stond er. Ik nam hem van terzijde op, zag zijn tevreden gezicht, maar begreep het fijne van zijn kunststukje pas lange tijd later, toen ik had gehoord van het bijzondere soort waarneming, het heel subtiele systeem dat sommige blinden ontwikkelen om obstakels op te merken, om bomen, lantaarnpalen, vuilcontainers, glasbakken, fietsenrekken die hun route versperren op een meter of twee afstand gewaar te worden, ze als een vast lichaam te lokaliseren, als een aanwezigheid in het donker die een signaal uitzendt, zwak, voor de gewone mensenzintuigen is het niet op te vangen, het is ook een heel kwetsbaar iets, deze frequentie van de nacht, in principe alleen betrouwbaar in een zeer stille omgeving, maar het komt weleens voor, in nood, of op een moment van opperste wilskracht, dat het de blinde ook in de herrie lukt het wonderbaarlijke instrument te benutten dat als een akoestisch web over de huid van voorhoofd, neus en wangen uitgespreid ligt en met een lichte druk een sensatie toelaat die men vroeger wel degelijk kijken noemde, niet met de ogen, maar met het hele gezicht.

We bereikten het met rode lichtletters aangeduide Charley's en Van Vlooten bewoog zich alweer zoals ik me hem zou herinneren: stommelend als een bezeerde reus. Ik zag dat er voor de spiegel tegen de zijwand van de bar een tafeltje vrij was. Mijn vriend legde gedwee zijn vingertoppen op mijn schouder en volgde me naar de stoelen waarvan we voorlopig niet zouden opstaan. We begonnen aan onze eerste whisky. En we hoorden het eerste bericht door de speaker boven ons hoofd dat de vlucht naar Bordeaux opnieuw nog even moest worden uitgesteld. Toen ik op zeker moment nogal schaamteloos zijn voorhoofd zat te bestuderen en vaststelde dat de botsing met de pilaar allerminst zacht was geweest, had Van Vlooten mijn belangstelling door.

Hij lachte geërgerd.

'Jawel, kijkt u maar op uw gemak naar mijn stommiteit!'

Ik voelde dat ik van kleur verschoot.

'Het spijt me.'

En ik wendde mijn blik af van de glimmende buil die

zich boven zijn rechterwenkbrauw verhief. Kort daarop kwam ons gesprek op die andere, voorafgaande stommiteit in zijn leven en kon ik mijn ogen er met geen mogelijkheid van weerhouden om af te dwalen naar de wittige put schuin boven zijn oor, wat trouwens alleen via de spiegel lukte.

## 2

'U weet zeker dat u het wilt horen?'

Ze was drie jaar ouder dan hij. Een al bijna afgestudeerde antropologe – 'ja, het meisje, ze heette Ines, was resoluut' – die hem al na hun tweede of derde liefdesontmoeting had laten weten dat hun verbintenis een tijdelijke zou blijven omdat ze van plan was meteen na haar doctoraal examen aan haar promotieonderzoek te beginnen en het gebied waar dat moest gebeuren, het hoogland in het oosten van Venezuela waar het indianenvolk van de Yanomami woont, zat al heel lang als een zuivere privéwerkelijkheid in haar hoofd. 'Aan haar denken,' zei Van Vlooten tegen me, 'is haar zien', en hij begon aan de beschrijving van een raam.

Een boograam, een lichtblauw geschilderd kozijn, met daarachter een stadstuin op een winterdag. Op een zwarte tak zat een onbeweeglijke vogel, een sneeuwwit beest, en op de vensterbank zat Ines nerveus in haar tas te graaien omdat ze dacht dat ze haar huissleutel was vergeten. Ze stond op het punt om weg te gaan. Hij zei onnozel: 'Misschien in je jaszak', en keek zonder het tot zich te laten doordringen naar het weggaansmotief daar voor zijn ogen. Ze sprong op en speurde de kamer rond. Het was een comfortabele grote kamer in een door het studentencorps beheerd herenhuis aan het Rapenburg te Leiden. Donkerrode versleten volwassenmannenfauteuils, een met geel wasdoek beklede tafel, dat soort dingen, hij was tweeëntwintig jaar. In het bed tegen de lambrisering had hij met zijn minnares de nacht doorgebracht, zij hadden er ook ontbeten en ze hadden onhandig op hun ellebogen steunend de krant gelezen die hij in kamerjas en op sloffen twee trappen lager van de mat had geraapt zonder ook maar een seconde te bedenken dat zij, daarboven, voor haar leven haar eigen plannen al had. Nu keek ze hem even aan, alsof hij haar nooit van onder naar boven gekust had. Ze had haar jas gevonden, de sleutel uit een van de zakken gevist, op langgerekte toon gegaapt. Nog geen vijf tellen later – 'Nou, dag!' – was ze weg.

Hij studeerde rechten, ja, de studie van zijn vader en opa die voor de een op een ministerspost was uitgelopen terwijl de ander, de opa, het tot een opperstalmeesterschap had gebracht in het tijdperk van Juliana. Hij, Marius, was een getalenteerd en rijk opgevoed kind geweest. In navolging van zijn ouders die veel buitenlandse vrienden hadden en vaak op reis gingen, sprak hij vloeiend zijn drie vreemde talen en was hij thuis in de theaters en concertzalen van Londen, Parijs, Wenen en Berlijn. Dat hij een groot man zou worden, daaraan twijfelden hij noch zijn ouders. Dat hij zich in verband met die abstracte bestemming en in weerwil van welk in hem schuilend talent dan ook als student in de rechten moest laten inschrijven, en vanzelfsprekend in Leiden, leek hem een redelijke, noodzakelijk, mysterieuze plicht. Twee jaar lang was hij zonder zich te bekommeren om de zin ervan student. Toen, op een wintermorgen na een feest, ontdekte hij het centrum van zijn leven. Ines had hem na een lange omzwerving door de mist koffie en een omelet met spek aangeboden. De studentenflat lag aan de rand van de stad. Hij zag uit op de weilanden. Met hypnotiserende traagheid schoof de lift naar de hoogste verdieping. Toen hij later die dag thuiskwam, nam hij plaats aan de met wasdoek beklede tafel, draaide een vel papier in zijn schrijfmachine en begon te tikken: De wereld...

Vanaf die dag verlangde hij naar haar gezicht, haar blik, haar gebaren, haar manier van lopen, haar manier van zich omdraaien, haar manier van helemaal achter in het drukke café waar ze hadden afgesproken in haar rode jas op hem zitten wachten. Ze was lief voor hem. Dat hij niets merkte van die andere spanning in haar, dat hij totaal blind was voor de voortekenen van haar vertrek, kwam door zijn begeerte.

Die hij wanneer hij alleen was, meende te beheersen. Als hij alleen was, meende hij dat hij niet aan Ines dacht maar een dictaat over dwingend en regelend recht, in het precieze handschrift van een vriend, danig ingekort zat over te nemen. Maar kijk, zodra hij op het afgesproken uur beneden de zware deur van het herenhuis open hoorde gaan en weer in het slot vallen, Ines bezat een sleutel, en hij haar doelgerichte stap tree voor tree naar hem omhoog hoorde komen, dan bestond er opnieuw niets anders en niets geruststellenders op deze wereld dan zijn begeerte, die, hoewel ze elkaar vrijwel dagelijks zagen, op het neurotische af heftiger werd en die, dat moet gezegd, dat was misschien nog het meest versluierende, zonder mankeren door haar werd beantwoord. 'En dan verscheen dat daar op de drempel, die vrouwenfiguur, op de fiets gekomen en vanwege de kou zo van top tot teen ingepakt dat ze wel een kapstok met kleren leek.'

Van Vlooten verstomde.

'Ja?' zei ik.

'Wacht even.'

Ook het geroezemoes om ons heen was aan het bedaren. Toen begon de speaker boven ons hoofd te suizen en ik merkte dat iedereen in de inmiddels afgeladen bar met een ernstig, opmerkzaam gezicht naar het bericht luisterde dat ons aanging en waarbij we ons al bij voorbaat hadden neergelegd. De vlucht naar Bordeaux was nogmaals uitgesteld.

De kelner bracht ons opnieuw een whisky. We namen een slok en zwegen. Ik was ervan overtuigd dat Van Vlooten, net als ik, de harteklop van het gevaar voelde waarover aan alle tafeltjes om ons heen werd gesproken. Mijn blik kruiste die van een heer die juist *De Morgen* dichtvouwde. Alsof ik hem iets had gevraagd, stond hij op, maar toen hij bij onze tafel kwam, greep hij de mouw van mijn metgezel beet.

'Het landingsgestel wilde niet uitklappen,' zei hij tegen Van Vlooten. 'Ik heb gehoord dat de piloot nog heeft geprobeerd een doorstart te maken.'

Waarna hij zonder ons commentaar af te wachten met zijn aktetas door de schuifdeur verdween.

Toen Van Vlooten doorging, was ik onrustig. Ik kende de afloop van zijn relaas. Ik voelde het donkere incident met elk van zijn woorden naderbij komen en ik voelde het tegelijk, als een fait accompli, al in de hele atmosfeer om mij heen aanwezig. Ze begon te laat te komen. Ze begon hun afspraken zonder veel plichtplegingen af te zeggen. Dat was in de zomer, toen ze al in het weekeinde bij hem thuis in Wassenaar kwam. Het kon gebeuren dat hij en zijn ouders in afwachting van haar op de treden van de veranda zaten, nonchalant, aan het begin van de zondagmiddag wanneer de schaduwen van de kastanjes in de richting van de stallen kropen en alles van nature de tijd had. En tja, dan ging de telefoon. Hoe het mogelijk was dat hij zich nauwelijks druk maakte om die dingen?

Ik antwoordde niet. Ik had niets gevraagd. Ik herinner me nu nog mijn sensatie van onbehagen toen het gezicht tegenover me, pratend, ineens op de typerende manier van de blinde zijn spieren aantrok in een poging een glimlach, een reflex uit een vroeger bestaan te reproduceren. Ik glimlachte niet terug. Het was mogelijk, vernam ik, omdat Ines met hem bleef slapen, omdat Ines zijn verliefdheid vurig, met de grootste persoonlijke interesse bleef bespelen.

Zijn stem werd spottend. 'En wat dat betekende, in die tijd, daarvan hebben jullie tegenwoordig nauwelijks nog benul!'

Hij draaide zich half om en knipte met zijn vingers. De kelner was er al. 'Meneer?' Van Vlooten stak enkel twee gespreide vingers omlaag en begon me uit te leggen: ‘Een vrouw ging in die tijd niet zo gauw met een man naar bed. De vrouwen waren trotser en dierlijker. Zich aan een man geven, zo noemde zelfs de meest lichtzinnige onder hen haar liefdesgunsten, en zelfs de meest lichtzinnige erkende de in haar wezen verborgen wet die zegt dat elk organisme er in de eerste plaats op uit is zijn eigenschappen voort te zetten en te verfijnen, ze kon, kortom, zwanger worden. Jawel, verliefdheid was in die tijd nog teeltkeus en dat gold ook voor mij. Ik ben er beslist van uitgegaan dat deze mooie vrouw me vijf kinderen zou schenken!’

Eind februari van het jaar daarna studeerde ze af. Ze had zich toen een maand lang nauwelijks aan hem vertoond, maar dat kwam, nam hij aan, doordat haar eindscriptie al haar aandacht opeiste. Voor hem was het nog steeds een tijd van liefde, Ines was zijn wereld. Haar afscheidsfeest vierde ze in de voormalige tramremise bij Oegstgeest, twee kleine blauwe trammetjes met het opschrift OEGEE stonden er nog, er kwamen honderd vrienden, Ines droeg een scharlakenrode jurk met blote schouders en reed na afloop met hem op de motor terug naar het Rapenburg. In de vroege ochtend sliepen ze daar met elkaar. ‘Ik bel je,’ zei hij toen ze na uren van verzaligde bewusteloosheid afscheid van elkaar namen en in de tuin achter de boogramen de schemering alweer viel.

Toen hij de ochtend daarop tegen elf uur belde, kreeg hij geen gehoor. Twee uur later nog niet. Vervolgens probeerde hij het om het kwartier en toen hij haar om tien over tien ’s avonds eindelijk aan de lijn kreeg, was ze zo gehaast dat ze enkel kon uitbrengen: 'Ik bel zo wel terug!' Om twee uur 's nachts was hij het wachten beu en donderde op volle snelheid naar de studentenflat aan de rand van de stad, haar ramen waren donker, hij drukte op de bel, bracht zijn mond al naar de ellendige intercom boven de ellendige rij brievenbussen, het bleef stil. Op de derde dag werd op het nummer van de studiegenote die naast haar woonde ten slotte de telefoon opgenomen. Een mannenstem antwoordde hem joviaal dat Ines, die hij wel kende, volgens hem die ochtend door een stel vrienden naar de luchthaven was gebracht.

Zijn mond werd droog.

Toen spuugde hij uit: 'Hufter!'

Schiphol was in die tijd nog een oord van dynamiek en drama. Luchtreizigers, het vaste punt van hun dagelijks leven kwijt, manoeuvreerden met koffers en tassen over een noodlotstoneel waar hoofdsteden en werelddelen in fosforescerende letters voor hun ogen versprongen en kregen een nieuw gevoel over zichzelf. Hij wist niet precies wat hij er deed. Hij had gezien dat de vlucht naar Caracas om 11.05 volgens schema vertrokken was. Nu speurde hij vanaf de dakpromenade de landings- en startbanen tot ver in de polder af. Het was een grijze dag met een treurige wind die je niet kon zien omdat er onder de dichtgetrokken hemel op de hele vlakte geen boom te bekennen was. Hij keek naar de levenloze toestellen aan de grond en zag ze als de zielen van de schepen die ooit bij zwaar weer over de Haarlemmermeer waren aan komen varen om op deze beschutte plek voor anker te gaan. Hij wendde zich af.

Toen hij in de warmte van het restaurant de telefoonhoorn oppakte, waren zijn vingers dood.

Dit keer kreeg hij meteen de stem van de studiegenote te horen.

'Ja,' zei het meisje. 'Ze is vanochtend...'

Hij onderbrak haar.

'Vertelt u mij onmiddellijk het exacte adres waar ik haar in de wildernis daar kan vinden. Adres, telefoon. Ik neem het eerstvolgende toestel.'

Het meisje aarzelde, zei: 'Het spijt me' en gaf hem de genadestoot. Ines was niet alleen afgereisd, maar in gezelschap van een vriend, afgestudeerd in de Spaanse taal- en letterkunde, amateurfotograaf, met wie ze eergisteren in ondertrouw was gegaan om daarginds, na de verplichte termijn van veertien dagen, te trouwen.

Van Vlooten maakte een gebaar alsof hij met twee handen iets slaps optilde. 'Interessant is,' zei hij tegen me, 'dat ik met de hoorn nog in mijn hand de revolver van mijn vader al voor me zag. Ik hoefde nog geen seconde na te denken. Die hele stommiteit was klaarblijkelijk op slag bekokstoofd.'

Een .22 Smith & Wesson. Geblauwd roestvrij staal. Het wapen lag in een koffertje in een kast op zijn vaders werkkamer. Apart in een la de patronen. Hij reed met een kalm gangetje van Schiphol naar Wassenaar.

Gêne. Ik denk dat het onvermijdelijk was dat ik mijn ogen vol afweer op hem gevestigd hield. Maar mijn magie bereikte hem niet en beïnvloedde niet in het minst de laconieke toon van zijn woorden en de leegte van zijn mimiek. Opgelaten, of in een behoefte discreet te zijn, wendde ik mijn blik af van het gezicht dat al heel lang ontwend was op een ander gezicht te reageren. Even schoot er een in het geheel niet ter zake doende gedachte door me heen: had ik er nu wel of niet aan gedacht de oude partituur, die uit 1945, in mijn bagage mee te nemen? In de spiegel zag ik dat de bar nu bijna verlaten was. Een paar kaartende mannen, een kind, een roodharige vrouw die in een boek was verdiept en, dichterbij, het angstaanjagend vertrokken profiel van een man die met zijn rug naar een ronde klok in grote woede iets zat te vertellen.

Zijn moeder was thuis. Ze zat in de zijkamer aan haar bureau, deur open. Ze keek op, hij was op weg naar de trap, een zoon die iets komt ophalen, en hij stapte vlug even naar binnen om haar hand te pakken en haar vingers te kussen. Zijn vaders kamer was een hoekkamer op de eerste verdieping. Hij groette het dienstmeisje op de gang. Zonder één gedachte aan de dood staarde hij een ogenblik later naar de revolver, stopte het één kilo zware ding in zijn zak en nam de patronen. Hij reed over Voorschoten naar zijn adres in Leiden terug. Ondanks de toestand van de laatste dagen zag zijn kamer er ordelijk uit. De houten vloer kraakte. Hij deed zijn cap af, zijn motorbril, wreef even over zijn ogen en laadde de revolver. Geen moment dacht hij aan zoiets als een afscheidsbrief, er leefde maar één doel in zijn hart. Met zijn rug naar het boograam ontgrendelde hij het wapen en zette de loop tegen de schedel boven zijn oor. 'Misschien een beetje te ver naar achteren,' zei Van

Vlooten tegen me. 'Of ik richtte een beetje te schuin.'

Ik keek hem aan. Zijn hoofd wiebelde, als daarnet, dat was alles wat ik als eventuele emotie had kunnen uitleggen.

'Of ik richtte een beetje te schuin,' bromde hij.

Zijn adempauze werd onderbroken door de luidsprekerstem. De passagiers van vlucht AP401 werden met spoed naar de gate gemaand.

# 3

'Dat schot?' zei hij eindelijk. 'U wilt weten hoe het kan dat je zo'n schot overleeft?'

Hij veegde zijn mond af en spreidde zijn servet over de lege schaaltjes en borden uit.

'Dat komt vaker voor dan u denkt. Er is een flink aantal van die gevallen beschreven en het zal u wel niet verbazen dat die rapporten voornamelijk uit de Scandinavische landen afkomstig zijn.'

We bevonden ons in de knusse atmosfeer van de luchtreiziger die juist een helemaal niet zo slechte, eigenlijk verrassend goede maaltijd voorgezet heeft gekregen. De Franse luchtvaartmaatschappij die de vaardigheid nog kende van hoe iets goed te maken, had bij het geroosterde parelhoen een Château Lalande 1970 geschonken. Ik had de indruk dat mijn reisgenoot, net als ik, op de bodem van onze whisky's een dronk van het stevige soort ondervond, met het karakter van een glashelder te doorgronden onwerkelijkheid. De kogel was, vertelde Van Vlooten, de achterkwab van de grote hersenen binnengedrongen.

Het Academisch Ziekenhuis te Leiden staat ook nu nog wereldwijd bekend om zijn afdeling neurotraumatologie. Hij werd er via de ingang aan de Rijnsburgerweg bewusteloos maar met nog kloppend hart binnengebracht. Tijdens een operatie van vier uur, waarin men erin slaagde de bloedingen te stoppen en de bloedproppen te verwijderen, stelde men vast dat het weefsel van de cortex cerebri op meerdere plaatsen onherstelbare schade had opgelopen. Het was nacht toen hij bij kennis kwam en er niets van snapte. Weergaloze vermoeidheid, stemmen, vingers die aan zijn onderarm prutsten, hij stelde de eeuwige vraag waar hij was, daarna wilde hij weten hoe laat het was. In de uren die volgden, begon het hem langzaam te dagen dat hij zijn dood had overleefd.

'Is het einde van iets niet ook altijd het begin van iets?' vroeg Van Vlooten me op pathetische toon.

Het einde van zijn liefde voor Ines viel samen met zijn blindheid en het is niet onlogisch dat hij liefde en blindheid als wederkerige polen van het noodlot zag. Natuurlijk maakte hij allereerst een miserabele toestand door. Benauwdheid, wanhoop, voor wie op slag het licht van zijn ogen verliest, is dat onvermijdelijk. 'Waar ik mij bevond, daar was helemaal niemand anders dan ik. Wat ik het Ik noemde, zat onder een zwarte stolp. De wereld, intussen, dreef weg. Want de wereld is iets wat je moet waarnemen, dat is het voornaamste kenmerk van dat ding. Voor dichtbij zijn handen, neus en mond doeltreffend genoeg, maar voor de verte heb je toch echt je ogen nodig. Ik droomde veel. Mijn dromen waren dromen zonder geluid, maar met een tergende massa beelden die allemaal wegsprongen zodra ik mijn ogen opsloeg. Als ik dan met mijn hand over mijn schedel streek, dan voelde ik dat het haar alweer in stoppeltjes terugkwam. Dat was alles. Daaruit bestond mijn universum, mijn lijf en de lakens waartussen ik lag. Het was misselijke angst, echt geen belangstelling, die mij dan het bed uit joeg om met gestrekte armen de afmetingen van mijn slaapkamer te gaan verkennen, de muren, de hoeken.'

Het voorjaar was regenachtig. Met opgetrokken voeten heeft hij in de schommelstoel op de veranda van zijn ouderlijk huis gezeten. Om hem heen spookverschijningen: zijn ouders, zijn zuster Emily, vrienden, huispersoneel. Ze liepen op hun tenen om hem heen, ze dempten hun stemmen, ze waren in staat zijn wensen nog voordat ze in hem opkwamen, te raden. Gaan jullie toch weg, heeft hij gedacht. Mijn armen doen zeer. Ik heb pijn in mijn knieën. Wat heb ik nog met jullie gemeen? Ik was gewend om door middel van de bomen die ik op mijn wandeling tegenkwam mijn tempo te weten.

Hier werd Van Vlooten blijkbaar getroffen door een gedachte. Hij zweeg even en wendde zich naar me toe.

'Denkt u ook niet,' vroeg hij, 'dat persoonlijk geluk, in welke mate dan ook, een karaktertrek is en geen omstandigheid van buitenaf?'

Ik antwoordde niet, want naast ons in het gangpad was de purser met zijn tender verschenen. Hij informeerde of wij een cognac of misschien liever een armagnac wensten. In het schemerduister observeerde ik Van Vlooten terwijl hij het glas onder zijn neus hield. Hij heeft gelijk, dacht ik. Toch zit zelfs in de manier waarop hij de drank in dat glas laat ronddeinen iets geprikkelds.

Maar zijn stem bleef mild. Toen hij de rugleuning van zijn stoel verzette, deed ik dat ook. Om een of andere reden voorvoelde ik een gunstige wending in wat nog ging komen. Ik meen dat ik hem trouwens al had tegengeworpen dat het echt niet alleen de ogen, maar ook de oren zijn die krachtig bemiddelen tussen jou en het hemelgewelf, tussen jou en de onmetelijke windstreken en dat... Hij onderbrak me met een hoestje. 'Zoals ik al zei, het voorjaar was regenachtig.'

Koud, buiig. Vanuit zijn schommelstoel hoorde hij de druppels op het jonge blad van de kastanjes ploffen en, zachter en ritmischer, op dat van de rij berken die voorbij de oprijlaan en de garages bij de grashelling uitkwamen waar de dikke blonde shetland van zijn moeder stonden te grazen. 's Nachts in bed hoorde hij de wind opsteken en de buien grilliger worden. Met gemak kon hij het perspectief volgen van een schuin pannendak, een loodrechte gevel, een inspringend deurportaal, een stoep waar het water vanaf klaterde naar het verloop van het constante geruis op de gazons en de paden tot aan de N44 met het autoverkeer in de richting van Amsterdam en Den Haag. In de ochtendstilte hoorde hij dan de stekelvarkens uit de struiken te voorschijn komen en zich met veel kabaal naar het keukenafdak begeven om de melk van de katten op te drinken.

Op een keer omstreeks het middaguur hoorde hij een vliegtuig hoog in de lucht. Het gedreun kwam naderbij maar verplaatste zich ook achterwaarts en opzij, naar beneden en naar boven, tot het met zijn stotende vibraties zo'n beetje het hele luchtruim vulde. Alsof hij een atlas onder zijn neus had, zag hij toen het gebied waar de machine overheen vloog en alsof hij een luchtvaartmagazine opengeslagen voor zich had, zag hij de stippellijntjes die als de stralen van een vuurpijl op alle mogelijke eindbestemmingen afsprongen: Parijs, Wenen, Berlijn, Zürich... En op dat moment begon zijn andere leven.

Want wat hem te binnen schoot, waren niet de hotels en de parken waar hij ooit met zijn ouders was geweest, en ook niet de kunstmusea, maar, met een onhoudbaar verlangen, de Salle Pleyel, de Musikverein, de Philharmonie en de Musikhalle. Die avond wachtte hij tot iedereen in huis naar bed was gegaan om op de pick-up in de salon de *Sacre du Printemps* te draaien. Het was een 78-toerenopname uit 1946 met Pierre Monteux en het symfonieorkest van San Francisco, en alleen God kan de concentratie hebben gezien waarmee hij de tien platen neerlegde, keerde en verwisselde en de schrik waarmee hij luisterde naar het muziekstuk dat zich knarsend en suizend in razende snelheid onder de naald door werkte.

'Merkwaardig goede uitvoering, achteraf bezien,' zei Van Vlooten tegen mij. 'Aardig wat fouten, maar hemelse goedheid, als u me zou vragen wie het naderhand nog heeft gepresteerd om dat doortrapte ritme, dat boosaardige tempo, die niet-goed-te-praten verrukking van de meisjesmoord dermate wellustig...' Zijn opmerking verdween in een peinzende zucht.

Kort daarop schreef hij zijn eerste kritiek toen het dagblad *Het Vaderland* hem naar een optreden van het Deller Consort in het Haagse Diligentia stuurde. Emily, zijn zuster, vergezelde hem. 'Nogal een zeur tegenwoordig,' zei Van Vlooten, 'maar in die tijd was het een leuk, lacherig, op een Brusselse kostschool opgevoed meisje.' Toen de countertenor een lied van Purcell begon te zingen, en toen dat lied op een tekst van Shakespeare woord voor woord viel te verstaan, legde ze goed bedoeld haar hand op die van haar broer, goed bedoeld maar verschrikkelijk fout omdat hij er een weekhartigheid achter voelde waarmee ze wel zijn staat van betovering opmerkte, maar er geen flauw vermoeden van had dat daar geen liefdesverdriet achter stak, geen zweem zelfs, maar een onbegrijpelijkheid die ook hem zelf ver boven het hoofd ging: '*If music be the food of love, come on come on, come on come on, till I am filled am filled with joy!*'

Daarop begon er voor hem een leven van taxi's, treinen en vliegtuigen die allemaal uitkwamen bij een stoel aan het middenpad in een zaal. In het begin maakte hij nog wel eens notities, trefwoorden op een blocnote die hij door een huisgenoot of, wanneer hij in een hotel verbleef, door een ernstig intonerend kamermeisje liet oplezen. Maar al gauw gaf zijn geheugen deze prikkeling liever op en leverde hem vanuit de stilte zijn thema's en ideeën dermate haastig terug dat de schrijfmachine hem soms te omslachtig was en hij zijn artikelen persklaar geformuleerd direct aan de betroffen redacties doorbelde. Hij beweerde dat Chopin een classicist was, dat Liszt in de vier minuten van *La lugubre gondola* in een vreemdere wereld was doorgedrongen dan Wagner in zijn complete *Ring* en hij zei dat Alban Berg in een van zijn strijkkwartetten de initialen van zijn geheime geliefde met die van hemzelf in het a-b-h-f-motief had verbonden (een onthulling die iedereen toentertijd als 'gratuit' beschouwde maar die naderhand bleek te kloppen: de geliefde heette Hanna Fuchs). Doordat hij, financieel onafhankelijk, schreef waarover hij maar wilde, kon het gebeuren dat er in *The New York Times* een heftig pleidooi verscheen voor de tweede symfonie van Matthijs Vermeulen – 'woest, stampend, de Nederlandse *Sacre*' – en dat de *Provinciale Zeeuwsche Courant* een uitvoerig commentaar bracht op de *Lulu* die, fenomenaal bezet, in de Wiener Staatsoper was opgevoerd.

Criticus zijn is pleiter zijn. Hij pleitte voor de muziek van zijn eigen tijd omdat die het het meest nodig had, maar maakte in zijn hart geen onderscheid tussen toen en nu. Met een heel oud argument kwam hij op voor het allernieuwste allerkaalste allerontoeschietelijkste stuk van Stravinsky, *Threni*: men moet, voor de duur van deze compositie, in God geloven. Anderzijds schreef hij dat er pianisten zijn, het gaat om een enkeling, die Beethoven en Schubert laten klinken als de avant-gardisten die ze waren en nog altijd zijn, die ons tijdens hun interpretatie tot tijdgenoten van deze meesters maken en ons iets laten horen wat we nog nooit hadden gehoord.

Van Vlooten weidde nogal eens uit over het tarten

van de tijd door de muziek. In de *Frankfurter Allgemeine Zeitung* besprak hij een keer het werk van de Russin Galina Oestvolskaja, een vrouwelijk genie dat ook na zijn lofzang nog tientallen jaren onbekend zou blijven. Hij was haar in Leningrad op het spoor gekomen. Een teruggetrokken vrouw. Flatje in een van de gigantische buitenwijken. Een auto van de ambassade had hem gebracht. Soms kan het ontzag dat een lichamelijk gebrek opwekt voordelig zijn. De wereldvreemde componiste nam zijn kaartje, in het Duits gesteld, aan, liet hem binnen en gaf hem thee. Nog geen uur later speelde ze hem samen met een bevriende cellist het *Groot Duet* voor cello en piano voor. Hij was kapot. Ergens in zijn vrij lange, wat geëxalteerde artikel over haar kon hij het niet laten opnieuw God ter sprake te brengen, die wel van muziek zou houden, maar niet van beeldende kunst. Mogelijk om zijn blindheid te troosten, schreef de agnostisch opgevoede criticus: 'Aangezien een van de gedaanten van God de tijd is, is het logisch dat Deze het mensenspel met de tijd, de muziek, wel kan appreciëren, maar dat het beeld, dat de tijd immers stilzet, Hem vertoornt.'

Aan het reizen in het donker wende hij niet. Zo bleef hij het onderweg onhandig vinden niet even op de openbare klokken te kunnen kijken. Toch liet hij zich door geen enkele geografische ligging weerhouden: had een programma, waar dan ook, zijn belangstelling gewekt, dan ging hij. Deze zomer werd voor de derde keer in Bordeaux een masterclass voor strijkkwartetten gegeven, die met twee openbare concerten zou worden afgesloten.

Van Vlooten boog zich naar me over: 'Bent u er al eens geweest?'

Ik schudde mijn hoofd. 'Nee.'

'Ik ook niet.'

Wat zou hem in dit toch nogal bescheiden evenement hebben aangelokt? vroeg ik me af. De jonge strijkkwartetten van over de hele wereld?

'Er is ook een Nederlands kwartet door de selectie gekomen,' zei ik.

'Ik weet het. Het Schulhoff Kwartet.' Zijn hand gleed over het tafeltje en hij zette zijn glas in het daarvoor uitgespaarde rondje terug.

De passagiers voor ons en opzij hadden hun leeslampen uitgedraaid. Het was schemerig aan boord, en erg stil. Er was alleen het geronk van het vliegtuig en ik voelde de historie van Van Vlooten er als het ware in opgenomen. Hij zag er nu ronduit opgewekt uit, ging alleen vanwege zijn grote gestalte telkens omstandig verzitten.

'Het verplichte programma is leuk,' zei hij. 'Haydn opus 103, het kwartet van Verdi, de *Bagatellen* van Webern.'

'En Janáček. Het eerste kwartet, het repertoirestuk dat iedereen speelt, wat natuurlijk ook het gevaar ervan is...'

'Ah, Kreutzersonate!' Hij hief zijn handen op en pakte opnieuw zijn glas, maar dat was leeg. 'Nemen we er nog een?'

Zo reisden we op die langvervlogen avond van Brussel naar Bordeaux. De vlucht kan hooguit anderhalf uur hebben geduurd, maar als ik er nu aan terugdenk, lijkt me dat onzin want niet alleen discussieerden we heftig over het eerste strijkkwartet van Janáček en vertelden we elkaar ons levensverhaal, we zonken ook meer dan eens weg in een diepe slaap. Ik herinner me dat er nogal wat turbulenties in het luchtruim waren en dat Van Vlooten dwars door het gestoot van het vliegtuig heen sliep met de ademhaling van een man die zich net in zijn bed heeft omgekeerd. Tegelijkertijd, zoals dat gaat met herinneringen en in dromen, hoor ik onze stemmen die het problematische thema van de verliefdheid aanroerden.

'U vraagt me of ik getrouwd ben?' hoor ik hem zeggen. Ik zweeg. Hij pauzeerde even en deelde me mee zelfs nooit meer verliefd te zijn geweest. Ik maakte een opmerking over seksuele verlangens. Hij antwoordde met een wuivend gebaar. Ah, vrouwen, vanzelfsprekend! Hij was ze om hun parfum en hun zachtheid en nog een paar dingen altijd oneindig dankbaar. 'Vrouwen zijn edelmoedig,' zei hij tegen me. 'Ze zijn er van nature toe geneigd zich om het mannelijk wezen te bekommeren en zijn zwakheden om te draaien. Door te doen alsof het hun, persoonlijk, niets uitmaakt dat de man van hun leven stekeblind is, werken ze niet zo'n klein beetje aan je gevoel van eigenwaarde.' Dankbaarheid en genegenheid dus, maar geen vuur. En zeker niet het vuur van het exclusieve eigendomsrecht, zeker niet de heftige aandoening van de jaloezie, die was hem totaal onbekend. Vonden zijn vriendinnen het tijd worden om te gaan? Goed, dan bracht hij ze naar de deur en zwaaide hun wegstervende voetstappen na.

Van Vlooten wendde zich naar de raampjes en peinsde er hardop over hoe godsonmogelijk het was om verliefd te worden op een vrouw zonder gezicht.

'U, ziende jonge man,' zei hij tegen me. 'U bent gewend aan de onmiddellijke schok die een aantrekkelijke vrouw u bezorgt. U hebt er geen idee van hoe merkwaardig het is als de erotische honger het zonder verbeelding moet stellen. U denkt misschien: en de andere zintuigen dan? Nee, een man die tot aan zijn volwassenheid heeft kunnen zien, is er helemaal aan gewend dat zijn ogen de andere zintuigen op sleeptouw nemen.'

Ik zweeg en trommelde peinzend met mijn vingers op het tafelblaadje.

Toen vroeg ik hem of hij zich de gezichten van zijn minnaressen dan niet in gedachte voor kon stellen.

Nee.

Stilte. Hij ging verzitten. Daarop kwam hij ermee op de proppen dat dat niet kon omdat de Ines van vroeger daar een stokje voor stak. Niet doordat zij hem nog steeds tot een treurig gemis was, helemaal niet, daarover had hij al met mij gesproken, maar omdat het háár gezicht was, gefixeerd in een lach, dat hij als het vrouwenportret aller vrouwenportretten in zijn hoofd had gehad op het moment van het schot.

'Wat erg,' zei ik zacht en prevelde toen, met een door de cognac verscherpt oog voor de samenhang van de dingen, een versregel van de Ovidius uit mijn schooltijd. 'De zanger kreeg haar mee, maar moest beloven zijn blik niet naar haar om te wenden voor hij het dal ontstegen was.' Ach! In een droevige stemming geraakt, dacht ik aan de pechvogel Orpheus, die smachtend naar het gezicht van zijn eeuwige liefde had omgekeken. Haar zien! Maar op hetzelfde moment was zij al in mist verdwenen, omlaaggezonken, de armen zijwaarts gestrekt, zonder enig verwijt aan haar echtgenoot die haar voor de tweede keer sterven liet. 'Vaarwel!' riep ze bescheiden en liet het daarbij.

Met een verkillend hart begon ik aan de opdringerige lach van die Ines te denken en op een bepaald moment dacht ik zelfs giftig: loop jij naar de duivel.

'U wilt weten hoe ze eruitzag?'

Van Vlooten. Zijn stem klonk gesmoord. Spookte mijn versregel hem door het hoofd? Verkeerde hij in de dronkenschap van de slaap? Ik voelde dat het vliegtuig de daling had ingezet.

Ze had oplettende, kruisbeskleurige ogen, brede lippen, een stevig bleek hartvormig gezicht en asblond haar. Op haar mond na, die ze dieprood verfde, maakte ze zich nauwelijks op. Ze was van gemiddelde lengte, een meter zeventig ongeveer, had een licht gebogen houding, waardoor ze iets zorgzaams suggereerde en waardoor ze haar borsten, welig genoeg, een beetje maskeerde. Ze had naar verhouding lange benen en voeten met een heel hoge wreef.

We vervielen in zwijgzaamheid. Het vliegtuig landde in de nacht. Pas een kleine week later zou ik Van Vlooten in het Château Mähler-Bresse terugzien.

# 4

‘Lichte kattenogen,’ zei ik tegen hem. ‘Als ze je aankijkt, heb je het gevoel dat ze een beetje met je spot, maar dan wel ontspannen en vriendelijk. Haar mond is klein, symmetrisch, haar lippen zijn onder en boven even vol. Ze heeft haar dat ik hazelnootkleurig zou noemen en dat loshangend wel tot haar middel reikt, ik heb dat van de week met verwondering vastgesteld, maar dat ze vandaag op het achterhoofd heeft samengebonden en gevlochten. De lijn van haar kaak, fijntjes, komt nu goed uit, zo ook die van haar neus.’

We zaten in de lounge van Château Mähler-Bresse. Van Vlooten hield zijn gezicht geïnteresseerd in de richting van een grote kamerpalm in koperen pot, ik keek een halve meter rechts daarvan waar Suzanna Flier met een blonde jongeman zat te praten, knikkend met haar hoofd zoals ze deed wanneer ze enthousiast was. Had Van Vlooten me gevraagd haar uiterlijk te beschrijven? Daar staat me niets van bij. Ik had haar aan hem voorgesteld toen hij die middag in het hotel opdook, op het uur dat de deelnemers aan de masterclass zich bij de hotelgasten begonnen te voegen om vanaf het terras of door de open deuren naar de wijngaarden te kijken, met de zon al wat lager aan de hemel. Hij had zijn hand uitgestoken, zij had de hare erin gelegd. Daarna wisselden ze een paar kennismakingswoorden, naast de klapdeuren waar het een komen en gaan was en waar vier Schotten, leden van het Anonymous Kwartet, haar meetroonden toen ze zich half omdraaide om te zien wie haar op de schouder had getikt.

Ik kende Suzanna Flier al sinds mijn studietijd en het was me tot dit moment, nu ik mijn eigen oren toch wel geloven moest, niet direct opgevallen dat ze een uitgesproken schoonheid was.

Ze speelde als eerste violiste, en goed ook, in het Schulhoff Kwartet. Suzanna Flier behoorde tot die wonderbaarlijke talenten waarvan geen mens weet waar ze anders vandaan hadden moeten komen dan rechtstreeks uit de kosmos. Ze stamde uit een Rijswijkse arbeidersfamilie. Haar vader, buschauffeur bij de Haagse Vervoersmaatschappij, moet op een keer met zijn vijfjarig dochtertje met een collega zijn meegereden tot aan de halte bij de muziekschool op de Prinsegracht, hartje Den Haag, waar ook hijzelf al vaak voor de groengelakte poort was gestopt. Een in zichzelf gekeerde man, mager, met zwarte bakkebaarden, ik heb hem meer dan eens ontmoet. Weduwnaar inmiddels kwam hij in een net pak naar de zaal in het Koninklijk Conservatorium om zijn dochter in de *Fünf Sätze* van Webern te horen meespelen.

Zij en ik hebben ons nooit aan een verhouding gewaagd. Een tijdlang waren we goed bevriend en had ik geen zin om 's nachts naar de hoofdstad terug te gaan, dan mocht ik bij haar op haar kamer in een steeg die

Lissabon heette blijven slapen. Daarom had ik Van Vlooten desgewenst kunnen vertellen dat Suzanna Flier zwaar sliep, hardop droomde, een lichaam had dat van nature lekker rook en dat ze, in ieder geval 's morgens, niet aan de lijn deed maar stevig doorbunkerend graag een ontbijt naar binnen werkte van door een attente logé vers bij de bakker gehaalde maanzaadbolletjes en slagroomhoorntjes. Waarom het toen tussen ons niet verder is gegaan, weet ik niet meer, ik geloof dat de terughoudendheid van haar uitging. Misschien beleefde ze een geheime liefde met een van haar docenten of sliep ze met een jonge dichter of componist, want in tegenstelling tot haar zusters van de Universiteit van Amsterdam bleven de conservatoriumstudentes zich die dingen gewoon permitteren, in die dagen.

Voor mij, jongerejaars aan het Musicologisch Instituut, was Den Haag beslist Amsterdam niet. Als ik met de trein van het ene centraal station door de weilanden naar het andere spoorde, voltrok zich een complete metamorfose van mijn levenssfeer. Terwijl Amsterdam, grofweg samengevat, oppositie tegen het huwelijk voerde, ondermijnde Den Haag sluipenderwijs het symfonieorkest. Op het instituut aan de Keizersgracht moesten wij mannelijke studenten en docenten er niet van opkijken als de pisbakken op het toilet met linten waren afgezet. Op straat, vooral op het Damrak en het Leidseplein, doorstonden wij de vrouwelijke blik die ons nakeek en nafloot, daar moest je tegen kunnen. In je eentje langs een caféterras lopen waar de vrouwen in groepjes stonden te drinken was weleens precair. Elkaar aanstoten, giechelen, het vrijpostige getuur naar je gulp ondervond je als een tikje gênant om niet te zeggen ontzettend vervelend. Tijd speelde toen nog geen rol op de faculteiten. Samenzwerende, de slavenstaat van het huwelijk bevechtende studentes maakten zich echt niet druk om zoiets als studiepunten maar voerden actie voor de vrije verstrekking van de pil. Overigens was het uit politiek oogpunt natuurlijk beter niet met ons onderdrukkers naar bed te gaan, Amsterdam werd lesbisch, werd een feminien bolwerk dat erin slaagde een hele generatie mannen voorgoed af te leren een vrouw te aanbidden en in haar mantel te helpen.

Intussen zaten ze in Den Haag Schönberg te spelen.

Het was in de grijze regeringsstad aan zee dat de kleurrijke, beweeglijke ensembles ontstonden die het toekomstige Nederlandse muziekleven zouden bezielen. Wanneer ik het aftandse pand aan de Beestenmarkt bezocht, trof ik de studenten stijf en ouderwets op de banken tegen de muren van een kaal vertrek dat zij de wachtkamer noemden. Om hen heen een waanzinskakofonie. De leskamers van dit negentiende-eeuwse gebouw kenden geen geluidsisolatie. Ze hadden krakende vloeren, voortreffelijke vleugels, kasten vol partituren en manshoge potkachels die werden gestookt door een gedrongen, geüniformeerde bediende met vuurrode wangen, Fakkel geheten, die daar een volledige levensbestemming aan had. Op de tweede verdieping lag de concertzaal. Daar veranderde het wachtkamervolkje in de instrumentenbespelers en zangers die met niet te begrijpen inzet stukken speelden die in dit land nog nooit hadden geklonken. Ik was altijd blij dat ik de moeite had genomen te komen, want muziek zíen spelen is natuurlijk iets heel anders dan haar alleen met je oren horen. Ik weet nog hoe ik ervan stond te kijken deze studenten, daartoe aangezet door de noten, een ongegeneerde, beheerst krankzinnige verhouding met elkaar te zien aangaan die even later weer doodleuk oploste in iets onbestemds.

'Ach weet je,' zei Suzanna Flier eens tegen me toen ik na afloop van een middagrepetitie met haar en de hele groep was meegegaan naar de haven in Scheveningen. 'Ik denk dat ik maar een bokking neem.'

De zee was groen, diepgroen, dacht ik terwijl ik met Van Vlooten achter me aan de drukke lounge in liep. We gingen op de basaltblokken onder het havenhoofd zitten om naar de vlak voor ons langsvarende vissersschepen te kijken. Waaraan ontleende deze herinnering, nu ineens, haar glans? Suzanna Flier wees me op de kajuit van een van die schepen waar een vrouw door het kleine vierkant van een raampje onze richting op keek, toen lachte en even zwaaide omdat ze meende dat wij haar groetten.

'O, zo'n leven zou ik ook kunnen leiden!' zei Suzanna Flier een beetje ademloos. Wat was ze leuk, herinnerde ik me nadat Van Vlooten en ik in een paar crapauds waren neergezakt en ik vanuit god mag weten wat voor impuls de blinde de jonge vrouw begon te beschrijven aan wie ik hem net had voorgesteld.

Hij knikte. Zei niets. Maar ik zag dat ik zijn belangstelling had gewekt of beter: dat zij dat gedaan had. Ondanks zijn aandacht begon hij op de hem typerende manier met zijn bovenlichaam te draaien en stak een arm op, wat ook nu weer vrijwel meteen een kelner deed toeschieten. Terwijl hij op zijn gemak informatie inwon over de whisky's van het huis, bleef ik de violiste observeren die daar in een lichtbaan, schuin invallend door de terrasdeuren, zat te praten en ik moet erbij zeggen: het gevoel dat ik dat vanwege hem, Van Vlooten, ook maar hád te doen, ging samen met de nodige geestdrift bij mijzelf. Hij zal zich bij iedere kennismaking wel een complete buitenstaander voelen, dacht ik, terloops waarnemend dat haar dunne gele jurk van achteren laag was uitgesneden en dat de vlecht op de lichte huid van haar rug lag.

Op een zeker moment moet Suzanna Flier hebben gevoeld dat er van niet al te grote afstand met concentratie naar haar werd gekeken. Ze keerde zich om, ontmoette mijn blik en zag in dezelfde oogopslag ook het fraai gemeubileerde tafereeltje van de kelner en de blinde criticus die zich met elkaar onderhielden. Kom erbij, wenkte ik woordeloos en ze lachte en neeg met gesloten ogen haar hoofd. Goed, ik kom zo meteen.

'Ja, en?' drong Van Vlooten na zijn bestelling te hebben afgehandeld bij mij aan.

Met mijn ogen gericht op Suzanna Flier die was opgestaan en daarbij de jongeman, snel overeind komend, de hand reikte, ging ik door met mijn vrouwenportret, olie op doek, en ik sta nog altijd versteld van de picassoëske geest die die namiddag op een wijnlandgoed buiten Bordeaux vaardig over mij moet zijn geworden. Als hij wil kan hij het zo, ergens in zijn hoofd, aan een muur of boven een schouw spijkeren, zei ik op een bepaald moment bij mezelf. Ze kwam frontaal op ons af: ik beschreef haar rechte schouders en haar jurk van maïsgele katoen. Ze keek naar ons zoals iemand dat doet van een afstand, met een gelaatsuitdrukking die al enigszins tegemoet komt aan een nog niet gevoerd gesprek: ik schetste haar glimlach die openhartig was maar ook het vermogen verried te plagen. Drie vrouwen, op weg naar het terras, kruisten haar pad en ze deed een paar stappen opzij en wachtte naast een pilaar. Zorgvuldig, mijn ogen toegeknepen, noemde ik toen haar matwitte hals en had er vervolgens plezier in om de matwitte armen van het meisje in direct verband te brengen met de violiste op het podium die, op- en afstrijkend in een blote of in ieder geval mouwloze jurk, de muziek die zij speelt omhelst, krachtig, vloeiend, teer, hoekig of met niet meer dan een puntje, en op die manier lijfelijk zeer dicht bij de luisteraar brengt, iedere concertbezoeker weet hiervan. Daar had je haar. Suzanna Flier doemde op voor onze tafel en ik had nog net tijd om Van Vlooten iets van een achtergrond te schilderen.

Het getande, afhangende zwaard van een zwartgroene palm.

# 5

Dit alles speelde zich af in een schitterend landschap.

Ook ik was op het terras gaan staan om naar de heuvels van het tegenover ons liggende Sainte-Croix-du-Mont te kijken. Ze leken door de stralen van de verdwenen zon van binnenuit te gloeien. Het was nog geen zeven uur. Achter mij, in de schemerige lounge, zaten Van Vlooten en Suzanna Flier met elkaar te praten. Hun gesprek was op de gebruikelijk banale wijze van start gegaan. Had ze het hier naar haar zin? Jazeker, dat had ze. Deed ze vaker mee aan zo'n studieweek? Dit was de eerste keer. Bevielen haar de lessen van Eugene Lehner, de Hongaarse maestro? Ze tuurde hem even zwijgend aan en ik wist dat dat was omdat woorden tekortschoten.

'Het zijn uren...' begon ze en zweeg opnieuw.

'Ja?' zei hij. 'Het zijn uren?'

'Ze komen uit een andere wereld,' zuchtte ze verlegen.

Ze zaten dicht bij elkaar. Suzanna Flier had met vrouwelijk begrip meteen ingezien dat de blinde haar tegenwoordigheid moest kunnen aanraken en ruiken. Wat hoger dan hij zat ze op een stoel met rechte leuning naar hem toegebogen. Hij op zijn beurt hield zijn grote kalende schedel luisterend op haar gericht, zijn gezicht, wat vertrokken, was naar het terras gekeerd. Ze zaten allebei te roken. Omdat Suzanna Flier onder het praten zo nu en dan zijdelings wegkeek, had ik als ik me naar hen omdraaide soms het gevoel dat ze me met hun tweeën eensgezind zaten aan te staren.

In werkelijkheid kon er van eensgezindheid geen sprake zijn. Zo'n studieweek verbroedert de deelnemers enorm. Terwijl Van Vlooten op Château Belvès in de Périgord logeerde, bij oude vrienden van zijn familie, trokken wij gedurende vijf dagen intens met elkaar op. De masterclass werd gegeven in een aparte zijvleugel van het château. Leraren en leerlingen beschikten elk over een ruime kamer met bad maar kwamen elkaar toch overdag en op de gekste uren van de nacht veelvuldig op de gangen tegen, al was het alleen maar om even een partij of een partituur uit te wisselen of elkaar zonder uitstel een onweerstaanbaar nieuwe inval, een nieuwe frasering voor te spelen. Stond er een deur op een kier? Hoorde je iets van, als je het wel had, Schönberg Vier? Het was ver na middernacht. Met gestrekte vingers duwde je tegen het zware deurpaneel, trad binnen, trof de altviolist op de rand van zijn bed en volgde de woest hinkende lijn van het agitato uit het laatste deel dat, neergeschreven in 1936, sindsdien bij iedere uitvoering aan duidelijkheid en waarachtigheid wint.

Omdat ik werkte aan een studie over een van de grootste ensembles uit de geschiedenis van het strijkkwartet, het Weense Kolisch Kwartet, mocht ik als waarnemer de lessen van zijn voormalige altist Eugene Lehner bijwonen.

Een tere oude man in een grijs pak en een wit overhemd. Een leermeester die wat opzij in de leskamer zit en de vier musici volgt die een stuk spelen dat hij noot voor noot uit het hoofd kent: het eerste strijkkwartet van Janáček. Het is een muziekstuk met een verhaal. Suzanna Flier, de eerste violiste, moet in dat verhaal de vrouw vertolken. Toch denkt zij alleen aan de noten en maakt zich niet druk om de intrige waarvan zij trouwens alleen een paar vage dingen weet. De vier musici zitten met hun rug naar een raam dat uitziet op een tuin. Zij en hun leraar zijn met elkaar verbonden door een zich over de hele vloer uitstrekkend vuurrood tapijt.

'Mag ik een opmerking maken?'

Toen ik vanochtend daar binnenkwam, zat het kwartet al te spelen en vroeg Eugene Lehner juist aan Suzanna Flier of hij haar iets mocht leren. May I make a remark. Zijn Engels was het Engels van de Midden-Europeaan die Midden-Europeaan blijft ook al woont hij al de helft van zijn leven in Boston.

Hij nam zijn bril af. Het kwartet wachtte. In het gebaar waarmee de musicus daarna iets aanwees in de partij van Suzanna Flier, lag iets verontschuldigends besloten: het gaat maar om een kleinigheid. Ze volgde de oude hand.

'Tíejada...' zong Eugene Lehner en maakte daarbij een strijkend gebaar met zijn rechterarm.

Ze knikte ernstig.

'Een beetje langer,' stelde hij voor. 'Ik zou het zo doen.' En hij wees, zong en gebaarde: 'Tádie, tádie...'

Ze knikte opnieuw en tekende met een potloodje iets aan op het blad.

Dat was het. Dat was een van de openlijke momenten van de les die zich tot ver na de lesuren zou uitstrekken. En ik kon heel goed zien dat toen ze verder speelde Suzanna Flier gehoorzaam, intens luisterend met haar leermeester in contact bleef, soms boog hij zich even naar haar toe, dat merkte zij. Toen de bewuste passage haar bij de tweede keer heel goed lukte, bracht hij zijn vingers naar zijn lippen. 'Heaven!' En was het me duidelijk dat ze zonder te kijken wist dat zijn hele gezicht straalde.

Hoe had ze, op dit moment, in de blinde criticus geïnteresseerd kunnen zijn? Ze zat leuk met hem te praten, ze nipte van de kir Mähler-Bresse die hij voor haar had laten komen en had haar voeten nu op de spijl van haar stoel gezet waardoor haar benen onder de rok zaten opgeborgen. Goed, in werkelijkheid bevond ze zich nog steeds in de leskamer voor het grote venster waardoor het licht als rode inkt over het kleed naar binnen viel.

'Dat was heel vrouwelijk, heel elegant,' had Eugene Lehner gezegd. 'Ik vond het zóveel mooier wat je deed.'

Het kwartet stond in te pakken. Het was bijna tijd voor het middageten. Suzanna Flier, over haar koffer gebogen, keek haar leraar aan met een verlangend gezicht van: ja?

'Ja,' zei hij, en omdat hij voelde dat ze er nog iets over wilde horen: 'Dat kan heel goed, van streek wisselen binnen het legato.'

Het moment daarop kwam de altviolist met een laatste vraag naast hem zitten. De anderen voegden zich bij hen. Eugene Lehner knikte, dacht na en bladerde daarbij met een volstrekt afwezig gezicht in de partituur die nog op zijn knieën lag.

Toen maakte hij de opmerking, de aansporing, tegen niemand in het bijzonder, waarvan hij de voorspellende kracht, mooi en verschrikkelijk, met geen mogelijkheid had kunnen vermoeden. Wie over muziek spreekt, spreekt nu eenmaal langs omwegen.

'Don't *play* the notes,' zei hij vriendelijk, 'just humanize them.'

We zwegen en dachten wel te begrijpen wat hij bedoelde.

We hadden nog zo'n vijf kwartier voordat een bus ons naar het Grand Théâtre in Bordeaux zou brengen, waar het eerste van de twee slotconcerten zou worden gegeven. Vanavond zouden twee Hongaarse en een Amerikaans ensemble spelen, het Schulhoff Kwartet stond op het programma van morgen. In de eetzaal van het château was men bezig een buffet voor ons klaar te zetten, souperen zouden wij naderhand. Ik besloot me weer bij Van Vlooten en Suzanna Flier aan te sluiten. Waarover zaten ze toch te praten? Ze waren bijna de enigen die zich niets aantrokken van het eigenaardige dichtschuiven van de lucht boven Sainte-Croix-du-Mont. De heuvels leken zich te verwijderen, ik hoorde dat er gepraat werd over een plotseling opstekende storm die kenmerkend is voor de streek.

'Zo, hoe gaat het?'

Ze keken allebei op, als je de grijns van Van Vlooten tenminste kijken wilt noemen.

'Goed,' zei Suzanna Flier. Ze lachte naar me maar liet zich door mijn aanwezigheid niet van het onderwerp afbrengen dat zij en Van Vlooten bespraken.

'Dat is zo,' gaf ze toe. 'Onder het spelen zit je vooral in je eigen partij.'

Hij: 'Ben je niet speler én luisteraar?'

Zij: 'Jawel. Maar je hoort het uit balans.'

Hij: 'Misschien des te meer omdat je stem, als eerste viool, bovenaan ligt?'

Ik zag dat ze haar ogen nu kalm op hem gevestigd hield en niet meer naar buiten liet afdwalen. Ze zei dat het oor inderdaad naar de hoogte trekt maar dat het in het kwartet heel vaak de alt is die quasi-bescheiden, in het spel verdwijnend, als onruststoker optreedt.

'Een mooie taak,' zei hij toen ze zweeg. Het was me duidelijk dat hij haar stem opnieuw op gang wilde brengen. Spreken moest ze wat hem betrof. Spreken om de huid en de spieren van haar gezicht van het nodige bloed te voorzien, en van de openlijkheid van haar gedachten.

Hij vroeg haar naar het geluk van het samenspel.

Haar antwoord ging over het gevaar ervan.

'Soms,' zei ze. Ik wist dat ze nu niet meer in de leskamer was maar een deur verder, op het podium. 'Soms is alles in orde. Alles wat je gedaan hebt, die hele weg, het studeren, het repeteren, het zoeken, het denken, is uitgekomen bij... nu. Je hebt geen angst meer. Je bent vol opwinding.'

Ze fronste haar wenkbrauwen. Haar neusvleugels verstrakten.

'Ja?' zei hij.

'Dan word je zo meegesleept in je samenspel dat je ook weet: nu moet ik oppassen.'

Ze draaide haar hoofd naar me toe en keek me ondoorgrondelijk aan. Na enkele ogenblikken van zwijgen zei ze: 'Kom, ik ga even naar boven. In tien minuten ben ik terug.'

En ze liep snel weg om zich te verkleden, Suzanna Flier, na een gesprek met een intrigerende blinde man. Ik ben er zeker van dat ze zijn belangstelling leuk heeft gevonden en dat zijn tragische gebrek haar boeide, maar dat ze er op geen enkele manier opuit is geweest de vermaarde criticus, die hier was om te schrijven, speciaal voor het optreden van het Schulhoff Kwartet te interesseren. Zo was ze niet. Het zou op dit punt trouwens anders gaan dan voorzien. Hij zou niet schrijven. Marius van Vlooten zou zijn beloofde artikel over de Semaine Internationale de Quatuor à Cordes de Bordeaux aan *NRC Handelsblad* zonder enige uitleg schuldig blijven. Vanavond zou hij nog beroepsmatig het eerste van de twee concerten beluisteren. De feestelijke ontvangst negerend zou hij zich daarna meteen naar zijn kamer in het hotel terug laten rijden. Dat was hij zo gewend. Na zijn eerste bevindingen op een recorder te hebben ingesproken, zou hij zich een Steak Bordelais laten brengen, hij zou er een halve fles Château La Rose bij drinken en dan naar bed gaan. In een heel vreemde stemming geraakt zou hij een korte storm horen losbarsten en die voor zijn geestesoog over de hele streek zien rondrazen, van de oude toren van Montaigne in de Périgord tot aan de enorme havenwerken waarlangs de

Gironde in een brede, niet meer te overziene stroom uitmondt in de Atlantische Oceaan.

Hij boog zich naar me over.

'Vertelt u me eens?' vroeg hij nieuwsgierig. 'Keek ze me eigenlijk aan, of keek ze onder het praten gewoon maar zo'n beetje rond, of keek ze, in gesprek met mij, intussen naar u?'

Naar mij... Ik pakte het glas van Suzanna Flier dat nog bijna vol op de tafel voor ons stond. Niet zien gaat dus samen met het vermoeden of de angst zelf ook niet gezien te worden, dacht ik. Even sloot ik mijn ogen en stelde me voor hoe het moest zijn om met iemand te zitten praten die denkt: wat maakt het uit of ik tegen hem glimlach, wat moet ik met mijn mimiek, laat ik de uitdrukking van mijn gezicht maar overhevelen naar een derde in het gezelschap, mijn woorden komen intussen wel terecht. Ik dronk het glas met de zoetige alcohol in één teug leeg. Het spul steeg me zonder omweg naar het hoofd.

'Ze keek u zo recht in het gezicht,' zei ik, 'dat het leek alsof ze uw gedachten ervan af wilde lezen.'

Ze kwam door de glazen deur binnen. Ze zwaaide naar ons maar liep meteen door naar de eetzaal. Ik herinner me dat ik me ertoe geroepen voelde, vanuit een plichtbesef dat niet ouder was dan die ene benevelde middag, haar strakke jurk en haar schoenen met hakken te registreren en dat aan mijn metgezel mee te delen, voorzien van het commentaar dat ze erg mooi was, zoals elke vrouw die een geheime liefde koestert: levendig, grillig, gekweld, terughoudend, stil, apathisch, smekend, klagend, jachtig, buitensporig, onvermoeibaar, onbezorgd, roekeloos, gepassioneerd, uitzinnig als een melodie op de g-snaar en paniekerig als een tremolo op de kam, dat ze, kortom, zo mooi was als de noten waarmee ze nu al dagenlang in haar hoofd rondliep.

# 6

We hadden er op onze vlucht van Brussel naar Bordeaux nog ruzie over gemaakt.

'Ach, houdt u toch op!'

'Jawel,' was ik blijven volhouden. 'Het telt wel degelijk mee.'

'Welnee!'

Hij haalde diep adem. Schudde zijn hoofd. Ik begrijp zelf ook niet waarom ik iets zat te beweren waarin ik, in ieder geval toen, nauwelijks geloofde.

'Het telt mee,' herhaalde ik koppig.

Me in de krappe vliegtuigstoel naar hem toewendend, vatte ik opnieuw in een paar woorden samen waar dat strijkkwartet over ging. Verliefdheid van een vrouw. Jaloezie van haar man. Medelijden van de componist. Ik stak er drie vingers bij op.

Hij begon zachtjes, sarcastisch te lachen.

'Zo. En dat hebt u allemaal in de partituur zien staan?'

'Het is, eh…' begon ik, en zocht naar een woord dat het oneindig raadselachtige compositieproces nu eens kernachtig recht zou doen. 'Het is in de noten *hineingeheimnist*.'

Nu brulde hij het uit. Hij strekte zijn benen in het

gangpad en bewoog zijn gespreide handen uit elkaar. 'Hineingeheimnist!' genoot hij.

'Goed,' zei ik na een paar seconden van gepikeerd zwijgen. 'Leest u dan alleen even de brief waarin Janáček aan zijn aanbedene Kamila zegt dat hij bij dit werk heeft gedacht aan de arme gekwelde geslagen vrouw over wie Tolstoj in zijn novelle schreef.'

Van Vlooten: 'Ja ja. En zij, de muziek, brengt mij dan plotseling in de geestesgesteldheid waarin de componist zich heeft bevonden...'

In mijn ijver merkte ik het begin van zijn woede niet op. Zijn gedragen toon overnemend, vulde ik aan: 'Inderdaad. Mijn geest smelt samen met die van hem en wordt met die van hem verplaatst van de ene stemming naar de andere...' Want ook ik kende mijn Russen.

'Zeg,' zei Van Vlooten. 'Ik hou van iets zoets na het eten.'

'Ja. Ik ook.' En ik had de purser al in het vizier en wenkte hem.

Er werd ons een profiterole gebracht.

'Daar hebben we heel goed aan gedaan,' zei de happende Van Vlooten. En toen: 'Het medelijden van de componist! Met alle respect, meneer, maar dat is niets dan persoonlijke warming-up. U die zo goochem bent, zou dat moeten weten.'

'Zou ik dat moeten weten?'

'Dat zou u, ja!'

Zijn stem klonk scherp. Het was die scherpte die mij minzaam deed vragen: 'En als vervolg op die warming-up? Als vervolg op die laten we maar éventjes aannemen ongeveinsde persoonlijke opwinding?'

'Het werk, meneer. Het terrein waar muziek muziek is.'

Ik likte mijn vingers af. Van Vlooten was bezig een zakdoek te voorschijn te trekken. Terwijl ik een papieren servetje uitvouwde, begon ik over de enorme uitwerking van de muziek op ons gemoedsleven en dat de oude Grieken dat al wisten.

'De Frygische toonsoort werd als staatsgevaarlijk beschouwd,' zei ik.

Hij verbeterde me korzelig.

'U bedoelt de mixolydische. Maar ik begrijp waar u heen wilt.'

'Muziek manipuleert,' zei ik.

'Goed. Inderdaad.'

'Maar zij kan natuurlijk alleen iets prikkelen wat, hoe sluimerend misschien ook, al in je aanwezig is.'

Hij borg zijn zakdoek weg en stootte me vrij hard met zijn elleboog aan.

Ik vervolgde: 'En of het u nu bevalt of niet, in dit kwartet schuilt ontegenzeglijk iets wat van nature veel en veel krachtiger is dan dat medelijden.'

Hij zei niets en wendde zijn hoofd af alsof hij wilde voorkomen dat het gesprek verder ging.

Zacht, maar net boven het vliegtuiggeronk uit, zei ik tegen hem: 'De jaloezie.'

Al afstand nemend van onze dialoog begon ik aan het gekras van de altviool te denken. Dat stuk is snel, in acht dagen geschreven, dacht ik. Maar hij, Janáček, liep al jaren rond met dat verhaal in zijn kop. Er komt een moment waarop zo'n thema zich toch weer presenteert, blijkbaar.

'Waar wilt u eigenlijk heen?' vroeg Van Vlooten een minuut of tien later. Hij was rechtop gaan zitten. 'Zeg het!'

'Helemaal nergens heen. Ik begrijp niet waar u op doelt.'

Had hij een agressieve dronk? Ik hoorde hem iets mompelen maar kon niet verstaan wat hij zei. 'Wees zo goed u te herinneren wat ik u over mijn vrouwen heb verteld!' schreeuwde hij toen.

Ik pakte mijn sigaretten. 'Laten we geen herrie schoppen,' zei ik, en stak op.

Nu ik eraan terugdenk, staat het me niet meer duidelijk bij hoe de volgende situatie ontstond. Naast ons, in het gangpad, hurkte een stewardess, in haar handen een stoffer en blik, die bezig was de scherven van onze glazen bijeen te vegen. Ik intussen probeerde samengevouwen tussen de stoelen de losse sigaretten van de vloer op te rapen, wat niet gemakkelijk was omdat de blinde ze met zijn voeten leek te willen vertrappelen.

# 7

De 15de augustus verliet ik Château Mähler-Bresse. Dat was twee dagen nadat de masterclass was afgelopen en het laatste concert gespeeld. De vlucht naar Schiphol vertrok met een minuut of twintig vertraging om zeven uur 's avonds. Dit ging wat gehaast, zodat het toestel al aan de opstijging was begonnen toen een piepjonge stewardess in het gangpad ging staan om de veiligheidsvoorschriften uit te leggen. Ik verplaatste mijn blik van het landschap naar het meisje dat met een ernstig gezicht liet zien hoe ze een fictieve gordel om haar lichaam sloot. Strak voor zich uitkijkend zei ze: 'Trek de riem aan', en deed dat zo'n beetje voor. Ook zei ze: 'Zorg dat uw tafeltje is opgeklapt en zet uw stoelleuning recht.' Haar stem trilde met iets van vage angst en ik vermoedde dat dit een van de eerste keren was dat zij aan boord de passagiers mocht toespreken. Toch ontkwam ik niet aan het besef dat hier een kist met een heleboel mensenlevens schuin in de lucht omhoogkroop. Dit is de veiligste manier van reizen, dacht ik met in mijn herinnering de crash op Heathrow van ruim een week geleden. De statistieken tonen dat aan met getallen die in regelmatigheid niet onderdoen voor die van een natuurwet. Terwijl de stewardess ons verzocht nog even niet te gaan roken, vroeg ik me af of ze zouden bestaan, voorlopig onontdekt, de wetten van het gevaar dat ons nu nog individu voor individu lijkt te benaderen, met een voorkeur voor het bizarre detail. Suzanna Flier had aan het begin van deze middag een zwarte vlinder uit haar kamer willen bevrijden, ze was op de vensterbank gaan staan en toen uit het raam gevallen. Haar kamer lag op de tweede verdieping. Ze had een enorme schreeuw gegeven en zich onmiddellijk vastgegrepen aan een van de vingerdikke scheuten van een Gloire de Bordeaux, de wilde druif die het in die streek tegen de zuidwestelijke muren heel goed doet.

Marius van Vlooten was bij haar op haar kamer geweest. Pas toen de hele consternatie een beetje geluwd was, pas toen ze na een paar slokjes wijn zat bij te komen op het stenen trapje naar het terras, dacht Suzanna Flier aan hem. Ze zocht met haar ogen de toegeschoten vrienden af, zag mij en wenkte me. 'Marius...' zei ze, met één hand het harde hagelwitte tafellaken over haar borsten vasthoudend dat een kelner in aller ijl van een tafel had gehaald, ze was in haar blootje geweest. Suzanna Flier sloeg haar blik even veelzeggend op naar de ramen waarvan ik wist dat het die van haar slaapkamer waren.

Ik trof hem in ontreddering aan op de gang van de tweede verdieping. Marius van Vlooten was in die tijd een fysiek goed ontwikkelde man, een man met manieren die zich ondanks zijn blindheid met een zekere stijl wist te kleden. Nu trof ik hem aan, op een meter of drie van de trap, in een verkreukelde askleurige broek en een overhemd dat daar scheef dichtgeknoopt overheen hing. Toen ik hem zag, draaide hij zich juist om zich heen tastend naar de muur en streek daarbij langs de pauwenveren die in een hoge vaas op een taboeret stonden. Hij trok zijn handen snel terug, als in een schrikreactie, en op dat ogenblik zag ik de doodsnood op zijn gezicht, zag ik het alarm waarvan ik meteen begreep dat het onmogelijk hemzelf kon gelden en dat volstrekt aan de werkelijkheid, die van de feiten, voorbijging. Want hij moest hebben gehoord dat zijn vriendin gered was.

'Het is toch goed afgelopen,' zei ik nadat ik hem naar haar kamer terug had geloodst en wij naast elkaar op de rand van het bed zaten. Ik begon hem na te vertellen wat hij volgens mij zelf, met zijn oren, door het open raam had kunnen volgen. Dat er in de schaduw van de orangerie ondanks het uur van de siësta nog een paar jonge musici hadden zitten napraten, dat er op de achtergrond, in de kas, zo nu en dan de scherpe geluiden opklonken waarmee een tuinman zand en kalk dooreen stond te scheppen. Toen werd alles dus overstemd door de snerpende kreet 'Help!' en volgden de drie, vier minuten waarin Suzanna Flier zich aan de gevelbegroeiing vastklemde terwijl beneden haar een ladder werd geplaatst en razendsnel uitgeschoven. Als een godin daalde ze af, kwam terecht in het lavendelbed dat warm moet zijn geweest aan haar voeten en zuchtte: 'Verdomme, ik ben me dood geschrokken!'

Hij toonde geen belangstelling. Hij ademde zwaar en zei niets. Een poosje bleven we zo zitten, op het verrommelde bed, terwijl ik naar het over de grond slingerende ondergoed, de blindenstok en het gele jurkje keek en bijna tastbaar daar naast me de kwade paniek voelde, de angst om een geliefde die sterft ook al heeft het ware leven intussen gewoon, zonder drama, een stap verder gedaan.

Hij hield zijn kaken op elkaar geklemd. Toen zei hij: 'Ik moet kotsen, want anders stik ik.'

Ik hielp hem naar de badkamer, deed de wc-bril omhoog en zorgde ervoor dat hij in de juiste hoek bukte.

Ze strekte met een aandoenlijk gebaar eerst haar rechterarm naar de zijwand van de cabine, daarna de linkerarm: de nooduitgangen. Ze vertelde dat wanneer de verlichting mocht uitvallen er in het gangpad noodlampen zouden aangaan. Ik boog me naar het raampje om nog één keer de monding van de Gironde te zien, een immense, schitterende aanblik. Heeft ze er wel een idee van, dacht ik, hoezeer hij het meent? Weet ze wel dat hij in geen twintig jaar zo ondersteboven is geweest van een vrouw? Ik was ervan overtuigd, toen, op dat moment, dat Suzanna Flier het liefdesavontuur met de blinde was aangegaan zoals een vrouw nu eenmaal een liefdesavontuur aangaat, speels en hartstochtelijk, een kleine werveling om te weten dat een man haar begeert. Je lot verbinden met dat van een ander is weer iets heel anders.

Ik had uit verschillende bronnen en stukje bij beetje gehoord hoe hij en zij het eens waren geworden. Ofschoon ik zelf veel in hun nabijheid was geweest, was hun groeiende intimiteit me ontgaan, ik had er gewoon niet op gelet. Maar één ding staat voor mij achteraf vast: de twintig minuten gedurende welke Marius van Vlooten het liefdesmotief opnieuw, maar met eigen, heel moeilijk te sturen krachten, in zijn leven toeliet, zijn de twintig minuten geweest waarin het Schulhoff Kwartet een Kreutzersonate speelde waar de stukken vanaf zijn gevlogen.

'Hij zat erbij als een brok steen,' zei de tweede violist van het Schotse Anonymous Kwartet later in de foyer tegen me. Hij had tijdens het concert naast de criticus gezeten en de verstening van de wat voorovergebogen man zó lijfelijk gevoeld dat hij een paar keer opzij had gekeken. Daarbij was het hem opgevallen dat de blinde zijn turende gezicht, zijn samengeknepen ogen op de spelers gericht hield alsof hij ze allemaal stuk voor stuk kon zien.

'Nee,' antwoordde ik. 'Niet allemaal, alleen haar. Alleen Suzanna Flier heeft hij kunnen zien.'

De blonde jongen nam me een beetje nieuwsgierig op. We stonden met een glas in de hand in de drukte na afloop van het concert. Ik zag hem glimlachen en vermoedde dat zijn innerlijk oog nu wel de eerste violiste in haar groenzijden concertjurk voor zich zou zien, ze had het haar in een mooie wrong gedragen. Maar ik kende, maar al te goed, het portret dat de blinde sinds de vorige dag in de ogen getekend stond: vrouw in het geel met een vlecht op haar rug. Haar witte armen gebaren zonder de minste terughouding. Haar gezicht, daarentegen, probeert ze in bedwang te houden als ze de stok met haar rechterhand over de snaren laat razen terwijl de vingertoppen van de linker behoedzaam iets anders doen.

De vier strijkers hadden op het podium de oude formatie uit de tijd van Haydn aangenomen en Van Vlooten heeft dat zodra ze begonnen te spelen ongetwijfeld gehoord: de twee violisten elk aan een buitenkant, cellist en altist in het midden. Zoiets geeft de klank een bepaalde balans, die wij, het ziende publiek, moeiteloos met onze ogen vaststellen en dan doorgeven aan onze oren: ach kijk, de cellist zit naast de eerste violiste, wat klinkt dat mooi. Op het moment dat Van Vlooten hetzelfde concludeerde, was zijn aandacht al op een heel ander niveau. Want zijn wereld, transparant, ruimer dan ruim, was er een waar alleen dat wat zich laat horen bestaat, in losse fragmenten, in gissingen die radicaal wegvallen zodra ze geen geluid meer geven: bomen zijn alleen bomen zolang het waait, huizen zijn op stille maandagochtenden met rijen tegelijk van de aardbodem weggevaagd totdat er iemand een raam opengooit, landschappen ijlen als fantomen aan weerszijden van een dreunende treinwagon voorbij... Ja, het kwartet was begonnen te spelen en Van Vlooten boog in zijn stoel naar voren. Misschien dat hij die dag alleen maar terloops, met vage interesse aan Suzanna Flier had gedacht, maar nu moet hij haar hebben zien zitten, zeer duidelijk in haar zonnejurkje, want wat klinkt, zegt dat het bestaat en zegt ook waar en hoe. Ik zat die avond een heel eind verderop, rechts in de zaal, en ik herinner me nog goed hoe fantastisch het kwartet op dreef was. De betovering was er meteen, de betovering van een continuüm dat niet zou stilvallen, zelfs niet zou stilvallen voor het ware leven dat altijd elke gelegenheid aangrijpt zich op de voorgrond te dringen, hoestend, ritselend, voetenschuifelend, snaren stemmend.

'Ik was blij dat ze de vier delen vrijwel aaneengesloten speelden,' zei de Schotse violist tegen mij.

Ik was het met hem eens en zei dat Janáček dit volgens mij ook had gewild. De violist knikte, hij wist ervan. 'Hij wilde alleen een wat langer aangehouden rust tussen de bewegingen in.'

'Ja.'

'Hij wilde een zich voortstuwend verhaal.'

We gaapten elkaar aan.

'Ja,' zei ik toen. 'Hij had een fataal, psychologisch drama in gedachten dat door geen macht ter wereld kan worden afgewend.'

Van mijn gesprekspartner wegkijkend, ontdekte ik helemaal aan de andere kant van de foyer Van Vlooten. Hij stond in zijn eentje in de open balkondeur, zijn rug naar me toe. Zijn hoofd, boven de andere hoofden uit, stak af tegen een nachtblauw torentje van een gebouw buiten op straat.

Ik luister nooit. Zou je werkelijk in staat zijn om in die uiterste paniek zo'n gevalletje te pakken, zo'n teer maskertje en dat keurig over je neus en mond te drukken? De stewardess daar voor me had het bijna voor elkaar, er moest alleen nog een elastiekje over haar kapsel. Maar suggestief zijn die dingen wel, dus strekte ik mijn arm en draaide aan de ventilatie boven me totdat ik een briesje in mijn gezicht voelde. '*Wind, waarom streel je dit lichaam nog*,' schoot het door me heen en op hetzelfde moment herinnerde ik me dat er in het Grand Théâtre eergisteravond een aangenaam tochtstroompje had gestaan.

Dat was maar goed ook. Het Grand Théâtre is een achttiende-eeuwse schouwburg waar mensen drie rijen hoog in het pluche zitten opgestapeld. En omdat de korte storm de dag tevoren geen verkoeling had gebracht, maar juist het tegendeel, was de atmosfeer die van buiten de gangen in kwam erg zwaar, zwaar en broeierig. Des te prettiger dat er via de zijdeuren van de parterre die luchtstroom kwam, die onzichtbare streling die het publiek in het voorste vak onderling verbond, nog eens extra verbond terwijl het toch al collectief een heleboel warmte en een massa emotie door zich heen voelde gaan. Iedereen hoorde de eerste violiste het cis d cis b cis fis-d cis b motief spelen, dat een jawoord en een geheim plezier inhoudt, en de cellist daar ernstig op antwoorden. Wat gek, mijmerde ik nu, om met zijn achthonderden, volstrekt eensgezind, zo'n verhaal aan te horen, dat toch uit achthonderd verschillende versies bestaat.

En naar dat viertal te kijken. De altist was een lange donkere muzikant die, schuin op zijn stoel, het bevel van de noten met een razend gekras opvolgde terwijl zijn gezicht miniem maar heel raadselachtig vertrok. De tweede violist zette toen er maten- en matenlang gejakkerd moest worden, zijn hakken stevig op de vloer, zijn ogen stonden een beetje boos. Soms kom je er pas achteraf achter wat je op een eerder moment al hebt geweten: Marius van Vlooten had niet alleen uitsluitend naar de eerste violiste gekeken, dat kon in zijn geval niet anders, hij had ook voornamelijk haar partij gevolgd.

Het was geen gewone avond. Suzanna Flier had de criticus zelf de dag tevoren gezegd: 'Je hoort, als je speelt, niet in balans.' Nu speelde ze dus in het verhaal dat deze avond moest klinken haar eigen lijn, het lot dat haar in dat verhaal was toebedeeld. Zoiets heeft voor een musicus nooit iets passiefs, want wil het lot je kunnen bereiken, dan moet je de poort wijd opengooien. Zij heeft dat gedaan, die avond, en Van Vlooten heeft het gehoord en is haar gevolgd zonder te beseffen, natuurlijk, waaraan zij zich in de roes van haar concentratie heeft gehouden: de tip, de mysterieuze aanwijzing die haar leraar na heel lang nadenken aarzelend formuleerde.

*Don't* play *the notes, just humanize them.*

Wie kan weten wat de oude maestro zich hierbij heeft voorgesteld?

Niet de huwelijkstragedie, daar ben ik zeker van want muzikanten denken abstract. Niet het rampzalige verhaal van waaruit die noten ooit zijn vertrokken over een drukkend echtelijk leven, over een Beethovensonate en de dood van een vrouw, mooi, muzikaal, wier overspel nog echt niet vaststond maar die toch met een dolk werd afgeslacht. Ook het luisterpubliek denkt trouwens niet aan de galop van een span paarden, niet aan een voortsnellende koets, maar laat de klanken als een fontein van vreemde emoties neerregenen op de emoties die al in hun hart aanwezig waren. Het is waar. Maar in de zaal hebben zich ook twee muziekliefhebbers bevonden die op hun vlucht van Brussel naar Bordeaux ruzie hebben gemaakt. Die in een dreunend vliegtuig, op een laat uur hun verbeelding oefenend, erover hebben getwist of het er nu wel of niet toe deed dat je de razernij van een man, oplopend tot een punt waarop alles ontzettend gevaarlijk wordt, desgewenst zo in de partituur kon aanwijzen.

Het is voor een blinde niet gemakkelijk om op een drukke ontvangst een bepaald iemand te ontmoeten. Vooral als die iemand, een violiste, totaal niet om een gesprek met jou verlegen zit en zij zich van jouw aanwezigheid ook nauwelijks bewust is.

'Hij vroeg me om voor hem het vertrek eens rond te kijken,' zei de celliste van het Amerikaanse Jefferson Kwartet een dag later tegen me. Het meisje, lang als Van Vlooten zelf, had de blinde verteld dat er voor de hele achterwand, rechts van hem, een schitterend buffet was opgesteld, ze had de schotels voor zover ze dat van een afstand kon zien beschreven en ze had aangeboden hem te helpen met opscheppen. 'Maar hij wilde alleen weten wie er in de rij stonden, wie er rondliepen en wie er aan de tafels zaten,' zei ze.

Het was de avond na het concert, de slotavond van de Semaine Internationale de Quatuor à Cordes en iedereen was druk in de weer met het verstevigen, op het laatste moment, van de vriendschappen die die week waren gesloten. Van Vlooten stond met zijn blindenstok kaarsrecht in het gewoel, als op een ereplaats, er werd niet speciaal op hem gelet. Men botste tegen hem op, verontschuldigde zich, bood hem iets te drinken aan en vroeg hem, ook wel, of men hem misschien van dienst kon zijn.

'Jazeker. Ik zou graag iemand van het Schulhoff Kwartet willen spreken.'

Zodat hij op een bepaald moment pardoes voor de neus van de altviolist van dat kwartet belandde, die zich beleefd naar de criticus toeboog om te horen wat deze hem wilde vragen. Niets. Van Vlooten leegde zijn glas en kreeg een nieuw in de hand gedrukt. Daarna werd hij voorgesteld aan twee mannen, dat kwam zo uit, hij verstond niet wie zij waren. Ze wisselden een paar beleefdheden uit over de zware lucht die nog altijd van buiten naar binnen dreef, zwegen even om een verre donderslag te beluisteren, waarna Van Vlooten zijn wens herhaalde: iemand van het Schulhoff Kwartet te spreken. Het feest was toen al zeer geanimeerd geworden, met de betovering die ontstaat wanneer een gemeenschap van mooie jonge licht neurotische talenten als vogels om elkaar heen fladdert alvorens individueel of in kleine groepjes weer weg te trekken.

Ik weet niet waarom Van Vlooten niet gewoon rechtstreeks naar Suzanna Flier heeft gevraagd en of iemand hem even wilde brengen. Toen ik hem tegen het lijf liep, stond er een zwetend vrouwtje tegen hem aan te praten dat zo klein was dat de criticus het stemmetje bij zijn buik in het algehele lawaai waarschijnlijk niet eens opmerkte. Ik had net mijn gang langs de tafels van het buffet gemaakt, kwam met een volgeladen bord voorbijlopen en zag hem. 'Meneer Van Vlooten!'

Hij wendde zich ogenblikkelijk naar me toe. Hij had

rode vlekken in zijn gezicht. Met in mijn ene hand het bord en met mijn andere onder zijn elleboog vergezelde ik hem naar de tafels waar je kon zitten, en terwijl hij bij elke stap met zijn stok het parket aantikte, somde ik op welke voorgerechten ik zoal voor hem had opgeschept en zei dat ik straks nog wel een keertje zou lopen. Als bij geheime afspraak vermeed ook ik het om mijn vriend zonder omhaal bij zijn dame te brengen. Dat wil zeggen, ik bracht hem wel, maar ik formuleerde het anders. 'Kijk,' zei ik. 'Daar is Eugene Lehner. Zal ik u aan hem voorstellen?'

De Hongaarse leermeester zat op de hoek van een aantal door zijn leerlingen bijeengeschoven tafeltjes. Links van hem, aan het hoofd, boog Suzanna Flier zich juist naar hem over om wat te vragen of te zeggen, mes en vork in haar handen. Toen Marius van Vlooten aan haar andere kant plaatsnam, op een stoel die ik erbij had getrokken, schonk ze hem over haar schouder een snel, nutteloos lachje maar veranderde niet van houding: haar rug naar hem toe. En terwijl Van Vlooten voorzichtig begon te eten en ik, naast hem, zonder dat hij er iets van merkte zo nu en dan van zijn bord iets meepikte, vervolgde Lehner op aandringen van het tafelgezelschap de anekdote die hij aan het vertellen was. En die ik, na vele jaren, als volgt heb onthouden.

Het was in de nazomer van 1927. Lehner en de andere drie leden van Kolisch Kwartet logeerden in hotel Americain te Amsterdam. Ze gaven twee keer die week een Schönberg/Beethovenprogramma in de Kleine Zaal van het Concertgebouw. Toen de vier muzikanten op een van hun vrije avonden naar hun kamers wilden gaan, ze hadden in het restaurant van het hotel gedineerd, stonden ze stil op de trap naar de tweede etage. Plotseling dachten ze, elk voor zich, aan het hallucineren te zijn geslagen: uit de richting van hun kamers kwamen teer maar onmiskenbaar de klanken van een tweetal violen, een alt en een cello. Met ingehouden adem liepen ze verder, waarbij ze instinctief de muziek die hun wel vertrouwd maar onbekend was, probeerden thuis te brengen. Zo kwamen ze bij de twee aan twee door hen bewoonde kamers. Als in een droom openden ze de deuren, verbaasden zich even daarbinnen niemand aan te treffen, waarna hun blik onmiddellijk naar de ramen ging die vanwege het warme weer wijd openstonden. De muziek, duidelijk aanzwellend nu, kwam vandaar, en ook van boven hun hoofd. 'Bartók,' meende een van de musici en een ander hief zijn vinger en zei: 'Kodály. Heeft ook wel iets van Martinů.'

Intussen had hun verbazing plaats gemaakt voor iets anders. Hoe het mysterie te benaderen of te beantwoorden? Er gehoor aan geven? Binnen enkele minuten hadden de violisten Kolisch en Kuhner, altist Lehner en cellist Heifetz hun muziekinstrumenten uit de koffers gehaald, begaven zich ermee op de gang, namen de trap naar de derde etage en ontdekten, glurend door de deur van kamer 309, hun zinsbegoocheling: de vier leden van het Boheems Kwartet, toevallig ook in Amsterdam, die Janáček zaten te spelen. Het was als gezegd een broeierig warme avond. In de hele stad stonden de ramen open. De klanken van de Kreutzersonate, waarvan de noten op dat tijdstip nog lang niet in druk waren verschenen, stroomden over het Leidseplein en trokken langs de gevels omhoog. De halve nacht hebben de twee strijkkwartetten elkaar in opperst geluk zitten voor te spelen. De hotelgasten hingen uit de ramen en van de straat kwam applaus.

Het onweer brak kort voor dageraad los. Ik lag met mijn hoofd onder de deken te slapen en schrok wakker met de woorden uit mijn droom: *'In het algemeen is muziek een verschrikkelijk iets. Waar zit hem dat in...?'* Een ogenblik voelde ik me verward, wist niet waar ik was en zag toen de omlijsting van het raam waarachter het lichtte.

De dependance van het château was in een rechthoek tegen het hoofdgebouw aan gezet. Met een trui over mijn schouders liep ik naar het raam om naar het noodweer te kijken en zag de slaapkamers van mijn vrienden en kennissen, sommige leeg deze nacht, andere dubbel bezet, beurtelings belicht en weer donker worden. Toen zag ik, helemaal in de hoek waar de twee vleugels van het gebouw samenkwamen, iemand die net als ik aan het raam stond, een roerloze schaduw, onmogelijk te ontwaren wie het was. Maar ik stelde me voor hoe hij, Van Vlooten, het gedonder als een baldakijn om zich heen voelde en de lichtflitsen met hun verre aroma opsnoof. Ook moet hij hebben gehoord hoe de regen neerroffelde op het dak van de Renault Estafette die nog buiten stond, het hotelbusje dat een deel van onze groep aan het begin van de avond naar Bordeaux had gebracht en halverwege de nacht in het pikkedonker terug.

# 8

Het zijn de omstandigheden die de amoureuze driften op gang brengen, dacht ik en strekte mijn benen, eindelijk. Eindelijk was dat wijfie uitgepraat, ze had het zeer bont gemaakt. Na de zuurstof was ze het zwemvest gaan uitleggen, ze had ons iets met een koordje en met een blaaspijpje voorgedaan en ons zover gekregen te bukken en met onze vingers onder de stoelzitting te tasten, jawel hoor, ze had ons goed onderwezen, daar zat het life-jacket, om vervolgens over te gaan op de taxfree-aanbiedingen van de luchtvaartmaatschappij, waarbij het geluid van haar speakertje erg ver werd opengedraaid.

Nu kreeg de klas dus iets lekkers van juf, nootjes, glaasje prik, en mochten we op de knop van de rugleuning drukken en fijn naar de hemelse lucht staren. Ik voor mij begon vrijwel meteen aan de biologielessen in de tweede klas van het Stedelijk Gymnasium te denken, waarin we uitgelegd kregen dat de erotische lust bij dieren niet enkel reageert op de toestand van hun hormonen. Het vrouwelijk stekelvarken verleidt de man van haar keuze het liefst in de vroege ochtend, met liggende stekels uitgestrekt op de vochtige grond; de Taiwanese rattenslang paart graag meteen, in het voorjaar, als hij half versuft uit zijn winterslaap komt en zijn geslacht nog echt niet veel voorstelt; de appelmees wil niets van zijn gezellin weten, ook al kan zijn lichaampje best, wanneer het niet regent of stormt; noodweer is zijn stimulans en dan is hij met het karwei in een minuut of vijf klaar. Dat ook wij zo onze voorwaarden hebben om in de stemming te komen, is niet onaannemelijk.

De ochtend van de 14de augustus begon zuiver en koel. Het was zo'n ochtend waarop je je gelukkig voelt zonder je daar druk om te maken. Suzanna Flier moet tegen negenen beneden zijn gekomen. Omdat zij en de andere leden van het Schulhoff Kwartet de nacht tevoren al afscheid van hun leraar hadden genomen, Lehner moest om 8.10 uur vliegen, stel ik me zo voor dat ze haar dag is begonnen met maar eens opgeruimd om zich heen te kijken en ja, naast de klapdeuren van de eetzaal bukte Van Vlooten en graaide met zijn vingertoppen over de vloer. Ze zag bij zijn rechtervoet een kamersleutel aan zijn dikke koperen bol liggen.

'Daar,' heeft ze met een hoofdknik gezegd nadat ze naderbij was gekomen en hem had begroet. 'Net achter je rechtervoet. Ja daar.'

Ze zijn aan een van de tafeltjes op het nog natte terras gaan zitten en hebben een enorm Engels ontbijt besteld.

'Ik vond dat ze op twee wolven leken,' vertelde me een Vlaamse journaliste die tegelijk met Suzanna Flier in de lift naar beneden was gekomen. Het meisje had vanaf haar naburig tafeltje de indruk gekregen dat de twee elkaar intiem kenden. Ze aten van elkaars bord. Ze waren erg bezig met hun handen. Zíj plukte uit een van de potten op het terras een Oost-Indische kers, hij nam haar die af, vulde de kelk met honing, stak de eetbare bloem naar waar hij haar mond vermoedde en stootte de koffiepot om, die ze overigens al hadden leeggedronken.

'Ik ben een ontzettend onbehouwen man,' zei hij.

Daarna bespraken ze wat ze die dag zouden gaan doen. Hij stelde de dierentuin voor. Zij dacht na, wikkend en wegend met haar hoofd. Intussen zei hij: 'Hoor eens, ik ben dol op dieren', en begon over vrienden van zijn ouders die lang geleden een aapje in huis hielden, een monstertje dat aan weerszijden van zijn kop wangzakken had die, liederlijk volgepropt, in omvang exact en goed beschouwd ook volstrekt logisch overeenkwamen met een paar grote roze anale uitdossingen verderop. 'Ik vond het leuk om hem te aaien, hoewel hij vaak ineens zijn wenkbrauwen fronste, zijn lippen samenkneep, zijn oren uitklapte, met vier handen je kleding beetgreep en dan vreselijk begon te krijsen.'

Zij antwoordde rustig: 'Ik was van plan om naar een expositie in het Musée Biraud te gaan. Ze schijnen daar een paar heel mooie Picasso's bijeen te hebben gebracht.'

'Hij keek haar even sprakeloos aan,' vertelde de Vlaamse journaliste me. 'Maar toen leek hij het een prachtidee te vinden.'

Een prachtidee, ja, dat moet het beslist ook zijn geweest. Het moet een eersteklas uitje zijn geweest, te oordelen naar wat een aantal van ons, nog aanwezig in het château dat het gastvrije Bordeaux gewoon ter beschikking bleef stellen, later die dag wist te melden. 'Hij was in de wolken toen ze terugkwamen,' zei er een. 'Ja,' memoreerde een ander. 'Hij zei dat hij een lievelingsschilderij, een portret dat hij nog kende van heel vroeger in Berlijn, terug had gezien.'

Het hotelbusje had hen met nog een paar gasten de stad in gebracht. Ze hadden zich laten afzetten bij de rue Bonnier om over de Esplanade Charles de Gaulle in de richting van het oude centrum te wandelen. De zon was al warm. Op het grind onder een enorme moerbeiboom stond een jongleur, een jonge man in een zwarte pofbroek die zonder één keer mis te grijpen acht kegels in geometrische banen boven zijn hoofd in beweging hield. 'Ik hou erg van die dingen,' zei Suzanna Flier later tegen een vriendin. Ze was dus blijven staan, zonder uitleg aan haar metgezel maar met haar hand om zijn onderarm, want zo hadden ze gelopen. En terwijl zij keek, luisterde hij naar wat er door een paar omstanders werd gezegd en toen ze weer doorliepen kwamen die dingen samen: de jongeman die zonder één keer mis te grijpen acht kegels in geometrische banen boven zijn hoofd in beweging wist te houden, was een gesjeesde student, van de ene op de andere dag van college weggebleven, een stille, hoogbegaafde knul die voor de rest van zijn leven geniaal theoretisch natuurkundige in spe zou blijven.

'Ja, en wat zag hij bleek,' zei Suzanna Flier. En toen: 'Jongleurs zijn bang. Het schijnt dat van alle circusartiesten zij wel het allerbangst zijn, banger nog dan de luchtacrobaat. Begrijp je dat?'

'Ik geloof van wel.'

Ze beklommen intussen de trap naar het museum. Suzanna Flier verheugde zich op de schilderijen en maakte zich er niet druk over of Van Vlooten zich op de harde, in de zon schitterende blokken marmer wel kon redden, wat hij trouwens heel aardig kon. Blinden voelen zich prettig en veilig op zo'n reeks afgepaste treden met een leuning opzij.

Het Musée Biraud was een weinig bekend museum dat wat achteraf in een oude buurt lag. Het vierkante gebouw bestond uit in elkaar overlopende zalen die je via halfcirkelvormige trappen kon bereiken. Midden in de aula op de begane grond stond een palmboom die, aangetrokken door het water, tot in de vide van de eerste verdieping groeide, waar een fontein klaterde die door de bedrieglijke akoestiek van het gebouw alomaanwezig leek te zijn.

Ze hadden een kaartje en een plattegrond gekregen.

Suzanna Flier tuurde even op het papier en stelde Van Vlooten voor in de linkerbenedenzaal te beginnen, waar de Franse barokschilders hingen. Hij vond dat goed. Ze pakte zijn hand en legde die op haar arm. Al vrijwel meteen was ze in een vreemde, stuurloze stemming geraakt die veroorzaakt werd door het oasegeluid van de fontein en door de witte stille zalen die haar vol onbekende dingen wachtten. 'Gek,' vertelde ze later, 'ik was gewoon blij dat hij die stok van hem bij zich had. Ik vond dat getik op het parket wel prettig.'

Er was nauwelijks ander publiek geweest, wat haar had verbaasd omdat het museum zo zeldzaam mooi was. Toen ze de eerste zaal binnenwandelden, zag ze enkel helemaal aan de andere kant een man in een kobaltblauw pak juist om een hoek verdwijnen. Ze begon over het eerste het beste schilderij te vertellen, het was een Poussin. Niet al te dicht op het doek maar ook niet te ver had ze Van Vlooten puur door haar verstrakkende lijf laten weten dat hij halt moest maken, waarna ze hem zei wat hij zag: een landschap. Ze was een beetje van de wijs geraakt toen hij na de eerste bosjes en tempels zelf de ossenkar noemde, vrijwel in het midden van de compositie, en haar daarna attendeerde op de twee mannen op de voorgrond die met een gestorven vriend op een doodsbaar van links naar rechts stapten: hij kende het werk. Ze keek naar zijn gezicht, dat erg dicht bij haar was, luisterde vaag naar wat hij mompelde over de kleuren die hij vergeleek met de latere Titiaan en beet zich op de lippen omdat ze haar eigen verwarring niet snapte.

Een andere zaal, hetzelfde melkwitte licht, de fontein klaterde. Het leek alsof het water steeds zwaarder werd, vond ze, en nu met wel erg veel nadruk neerviel. Hij echter leek het niet op te merken, liet er althans niets van blijken, maar herhaalde vergenoegd en met grote belangstelling de titels van de schilderijen die ze hem noemde of fronste zijn hele gezicht en zei niets. Claude Lorrain. La Tour. 'La Tour!' echode hij en vroeg meteen welk werk. Omdat ze al had gemerkt dat er nergens een suppoost te bekennen was, had ze hem heel dicht bij het doek gebracht en terwijl hij het spectaculaire licht en de schaduwen stond in te ademen, daarna zijn hoofd schudde, haar arm drukte en door wenste te lopen, vroeg zij zich af of ze soms koorts had. Waar ben ik, dacht ze twee trappen, twee kabinetten en een kleine gang later, en wat voer ik in godsnaam uit? Welnu, ze had juist Watteau verlaten en kwam toen nogal eigenaardig uit bij een klein rijtje Nederlanders, zeventiende eeuw, die ze aanvankelijk, voortgedreven door haar eigen stem die net als het water maar door- en doorging, niet eens meteen thuis kon brengen. Wel zag ze de man in het kobaltblauwe pak, het typische pak van de Franse beeldhouwers en schilders, vanuit tegengestelde richting naderen en hen in het voorbijgaan bekijken alsof hij wilde zeggen: ik begrijp het. De groet in zijn blik, op haar gericht maar voor hen beiden bestemd, beantwoordde ze niet. 'Kijk,' zei ze een paar seconden later en voor het eerst keek ze zelf met de aandacht die de wonderen der kunst nu eenmaal van je verlangen. Ze zag een vrouw in een schemerig interieur aan het raam een brief zitten lezen. Ja, dacht ze met grote instemming, op zo'n manier op je krent zitten, zo kalm op je plaats in de wereld, je lichaam is toch wat je bent, en op hetzelfde moment gaf ze zich rekenschap van het kleine praktische probleem dat haar nu al die tijd dwars had gezeten: hoe moest ze het aanleggen een man haar lippen te bieden die daar niets van kon merken, die bovendien alleen maar geïnteresseerd was in schilderijen en wiens blauwe blinde ogen gewoonweg schitterden, via haar woorden, voor iets wat niet eens op de weg van woorden lag? 'Een vrouw in haar huiskamer,' meldde ze hoe dan ook opgelucht. 'Een raam dat helemaal openstaat. Een deur die helemaal openstaat. Een hondje...' Ze maakte haar arm van hem los, op een niet onprettige manier ontnuchterd maar ook met een tinteling in haar vingers, als na een hevige schrik.

'Zeg,' had hij kalmpjes voorgesteld, 'nu maar eens de Picasso's?'

Ze had het een goed idee gevonden. En wat volgde, na een nieuwe omzwerving, waren de vrouwen voor spiegels, op rode stoelen, op blauwe stoelen, liggend, liggend op gele divans, of in de omhelzing van een man, de vrouwelijke naakten die de schilder in een periode van buitensporige, uit het gebied van de seksualiteit afkomstige inspiratie in de jaren dertig vervaardigd had. Ze beschreef ze voor hem. Ze zei heel precies hoe en wat, maar bleef daarbij zelf met de grootste privébelangstelling kijken. Beelden gaan veel sneller dan woorden, en dat merkte ze ook wel. Die vrouwenfiguren rakelden ogenblikkelijk iets bekends bij haar op, verschroeiend en zwaar, ze waren toeschietelijk, ongecompliceerd, zelfs in hun rust nog bereidwillig, want wat hier was afgebeeld, betrof niet alleen het mannelijk plezier. Intussen beschreef ze hun kleuren en vormen, zo nauwgezet als maar kon, en dit koele beschrijven, ten behoeve van hem, had haar een genoegen verschaft als van zekere heel intieme, vulgaire telefoongesprekken die nu en dan even haperen. Hoe moet het ooit komen tot die kus van ons? vroeg ze zich af. En ze begon naar niets anders dan een schemerige taxi te verlangen die hen met een bedaard gangetje naar Château Mähler-Bresse terug zou brengen.

'Waar hangt nou dat portret van Dora Maar?' klonk zijn stem, op een pas afstand van haar.

Ze hadden er wel tien minuten voor gestaan, schatte zij naderhand, als het niet langer was. Hij kende het nog van vroeger uit Berlijn, vertelde hij haar, dit schilderij van een meisje in gele pullover en met een erg leuke blauw-violette hoed op haar hoofd. Wat een geluk om het nu hier, vlak voor zijn neus, tijdelijk uitgeleend terug te vinden, en hij begon een uiteenzetting over de wonderbaarlijke onbeweeglijkheid van het model dat daar als een koningin, een Persephone, met de handen op de leuningen van haar stoel voor zich uit zat te kijken, voor zich uit en met een van haar ogen ook opzij.

Nu was zij het geweest die luisterde, dat wil zeggen, ze hoorde wel dat hij het woord deed maar bleef volstrekt doof voor de 'gipswitte gelaatskleur' van het meisje en voor haar 'handen als klemmen'. Ze vond de opgedane indrukken nu wel genoeg. Ook had ze haar bekomst van het geplens van de fontein, alles nu overstemmend, dat intussen veranderd was in een nieuwe en sterkere vorm van haar hoofdbrekens inzake hun kus. Ze boog zich naar hem toe. 'Zullen we gaan?' toeterde ze in zijn oor en was bijna verrast toen hij meteen met zijn hand haar arm zocht. Ja goed. Ze bestudeerde opnieuw de plattegrond. Ze wilde hen beiden in deze doolhof geen stap meer te veel laten doen en dat lukte ook aardig, daar had je de uitgang, daar de knoertwitte trap, even duizelde het haar nog van het daglicht en de plotselinge zon, totdat ze met een enorme armzwaai een taxi wist aan te houden en wegdook, achter hem aan, in het zachte hol. Ze reden al toen ze nog meende op het dak van de wagen getrommel van water te horen.

Terwijl ik bij de ingang op mijn taxi stond te wachten, zag ik hen de hal binnen komen. Een hand aan haar elleboog, zijn blik donker, leek hij me nog steeds niet helemaal zichzelf. Ik aarzelde. Moest ik op hen afstappen voor nogmaals een laatste groet? Ze liepen in de richting van de lounge, waar ook de toegang naar de tuin was. Suzanna Flier droeg opnieuw haar gele jurkje, dat ze na het van de grond te hebben geraapt wel even zal hebben uitgehangen, want het viel glad om haar lichaam. Je kon zien dat ze het gevaar van een doodsmak alweer was vergeten en zich alleen maar concentreerde op: wat zullen we eens gaan doen? Ze zal zich tot dat moment waarlijk niet hebben verveeld. Het schijnt dat de twee 's ochtends alsnog naar de dierentuin zijn gegaan, een vrij aangelegd park waar de roofdieren als katten in de bomen zitten. Een paradijs van pis-, mest- en muskuslucht, zo stelde ik me voor, dat brullend, snuivend, balkend, krijsend en kwakend zelfs voor wie zijn ogen dicht houdt nog aanschouwelijk genoeg moet zijn. God weet wat er tussen hen is, dacht ik en wierp een blik op mijn horloge. Nog geen tel later keek Suzanna Flier op het hare.

Dat was de laatste keer dat ik haar zag. Achter mij werd geclaxonneerd. Ik pakte mijn koffer en liet me naar het vliegveld rijden.

# 9

Tien jaar nadat ik met Marius van Vlooten naar Bordeaux was gereisd, deed ik voor een kort verblijf Europa weer aan, en trof de criticus bij een van de incheckbalies van Schiphol. Omdat ik vrijwel meteen na onze eerste ontmoeting voor mijn werk naar Princeton had moeten verhuizen, was de zomerse week op het château heel snel in de vergetelheid weggezonken. Maar zelfs het lot heeft op dit continent iets kleinschaligs en plaatste me, tien jaar later, doodleuk in de rij achter Van Vlooten. We kwamen in gesprek en ik merkte dat hij in een ongenietbaar humeur verkeerde.

Het meisje aan de balie maakte zijn stemming er niet beter op.

'Wilt u een plaats aan het raam of aan het gangpad?' vroeg ze met haar blik aan het computerscherm gekleefd.

Van Vlooten liet een kort lachje horen, ik ging naast hem staan, zei: 'Meneer zit het liefst aan de gang', en legde mijn pas en mijn ticket neer. 'Geeft u mij de raamplaats maar.'

Met een nijdig gezicht liep hij met mij op naar de paspoortcontrole. Ik zag dat hij de weg uitstekend kende en maakte daar een opmerking over. 'Totdat ze de boel weer gaan verbouwen,' antwoordde hij. 'Totdat er in dit pestlandje weer zo nodig moet worden uitgebreid, vervuild, herrie gemaakt, vanwege een stel malloten dat voor een grijpstuiver naar Spanje wil!'

En prompt kwamen wij op weg naar pier G bij een bocht waar achter een schutting een paar pneumatische hamers tekeergingen en daarbij een populair radiostation, met zo'n allesaaneenpratende mannenstem waar je gek van wordt, met hun helse geratel overstemden. Het mag een wonder heten dat wij de aankondiging van de luchthaven nog opvingen dat vlucht ZD421 naar Salzburg voorlopig was uitgesteld.

'Godallemensen!' zei Van Vlooten een kwartier later, zijn vingers aan de voet van een glas champagne. We hadden met moeite een bar gevonden, een blinkend geval van chroom en spiegels dat zich als een eiland midden in een verstikkend drukke doorgang bevond. Er hing een lucht van oesters en vis, men schonk er alleen champagne. 'Ellendig spul,' zei Van Vlooten tegen degene die hij op de kruk rechts van zich bespeurde. Waarop de anonieme persoon, een medeschipbreukeling, hem wist te vertellen dat de achtenveertigjarige piloot van ons toestel een vliegverbod had gekregen. Alcohol ja, een promillage van aardig wat meer dan de 0,2 procent die volgens de regels nog mocht.

'Een Roemeen,' wendde Van Vlooten zich vervolgens tot mij. 'Een kerel die nu verplicht vier uur ligt te slapen.' En zijn stem, dof en klankloos ineens als van iemand wiens wil door een vuur is lamgelegd, deed mij opzij kijken. Hij hield zijn ogen met de zwarte kringen eronder neergeslagen en zijn kaak bewoog alsof hij iets kauwde.

Ik vroeg hem hoe het na al die tijd met hem ging.

Hij zei dat ze hem twee weken geleden had verlaten.

Omdat ik niet meteen wilde begrijpen om wie het ging, informeerde ik kies: 'Uw vrouw?'

'Suzanna.'

En hij vertelde me dat hij die ochtend juist een brief van haar advocaat had ontvangen, in alle vroegte toen hij zich net had geschoren en aangekleed. 'De post komt bij ons altijd voor negenen.'

'Lees maar voor,' had hij tegen zijn huisbediende gezegd, de butler-chauffeur tegenover wie hij geen enkele terughoudendheid kende om de doodeenvoudige reden dat hij zich die niet kon permitteren. Hij zat op dat moment in de keuken, op zijn vaste plaats aan de tafel waar hij normaal om exact kwart voor acht aanschoof om met Suzanna en hun zesjarig zoontje te ontbijten. De dag was stralend. Achter zijn rug stond de deur naar de moestuin helemaal open en wie er gevoel voor had, zou uit het gekakel van de kippen kunnen opmaken hoe warm en zonnig het al was. Marius van Vlooten, die al drie nachten niet had geslapen, had er echter geen oor voor maar hield een lepel koffie voor zijn gezicht waarin langzaam een paar aspirientjes uiteenvielen. 'Lees!' beval hij, bracht de lepel naar zijn mond, slikte en begon in de grote kop koffie te roeren die op de millimeter precies binnen handbereik stond.

Voor één persoon gedekt. Tegenover hem twee lege stoelen. Zijn vrouw wenste op grond van geestelijke wreedheid een scheiding, verlangde een alimentatie die niet mals, maar ook beslist niet onredelijk was en eiste de zorg op voor het kind.

Ik luisterde verbaasd en mijn verbazing gold allereerst het feit dat de twee klaarblijkelijk bij elkaar waren gebleven tot nu. Dat hij, Van Vlooten, totaal van de kaart was geweest indertijd, herinnerde ik me nog wel, maar Suzanna Flier was in mijn gedachten een vrouw die alleen voor haar kunst wilde leven, waarbij het vrolijke, lichte deel van haar persoon een amoureus avontuur natuurlijk niet af zou wijzen, van tijd tot tijd, dat kon je zo aan haar zien. Hoe had hij het voor elkaar gekregen haar zo voor zijn leven te claimen? En op hetzelfde moment zei ik bij mezelf, alsof de woorden me werden ingegeven: Ach, wat zou de liefde feller kunnen doen branden dan te weten dat je iets hebt, een kracht, een uniek vermogen, waarmee je een ander zo in vervoering kunt brengen?

Mijn blik gleed naar de reizigersmassa die als een makke, in tweeën gedeelde kudde onze bar passeerde. In T-shirts. Met gezichten van niks. Ook dat gesjok paste erbij. Jawel, kon ik niet nalaten te bedenken, toch bevindt er zich onder die lui menigeen die, daartoe op de juiste manier geprikkeld, in een schrikwekkend, van elke ratio beroofd wezen kan veranderen.

Intussen was Van Vlooten over moord en doodslag begonnen.

Ik nam net een slok van mijn noodchampagne en had willen tegenwerpen: 'Maar waar hebt u het nu over?', toen hij me bijna plechtig verzekerde dat tot de vele dingen die een slimme blinde presteren kan, ook de moord moet worden gerekend.

Hij merkte mijn scepsis.

'Ja, u snuift!' riep hij me toe.

'Nou ja...' begon ik en bukte me om de blindenstok die ik omver had gestoten van de vloer te rapen. Hij nam het ding ongeduldig van me aan en plaatste het opnieuw tegen de tapkast. 'Begint u maar nooit aan een daad met het idee van: ik zal nog wel zien,' zei hij heftig. En nadat hij met een hand een baan door de lucht had gemaakt: 'Want er zijn er die zich echt niet meer laten stoppen!'

Alsof we erom hadden gevraagd, zette het barmeisje een paar nieuwe glazen voor ons neer. We dronken. Op de toon die hoort bij een vlot, onderhoudend gesprek, informeerde ik naar wat een slimme blinde dan zoal presteren kan, 'in het dagelijks leven'.

Hij antwoordde zonder zich een moment te bedenken.

'Skiën.'

'O, werkelijk?'

Ja.

Ze gingen er altijd voor naar Morgélès en verbleven dan in het hotel waar hij vroeger ook met zijn ouders en zijn zusje Emily had gelogeerd. Later, toen een chauffeur tot hun huishouden was gaan behoren, had Suzanna het fijn gevonden om op reis op de achterbank bij haar man te kruipen, maar in die eerste jaren was zij het die de auto bestuurde. Het kwam voor dat ze zonder ook maar één keer te remmen van hun huis in Wassenaar naar de voet van de Vogezen reed, wat zes uur duurde. Zo behendig en zo vol begrip voor zijn zwarte, onbegrensde wereld wist zij om te gaan met het gaspedaal. Onderweg las ze mompelend voor zich uit de wegborden en noemde de kilometers tot aan de volgende plaats, een gewoonte die hem goed uitkwam omdat ze hem de gelegenheid bood het gebied precies in zijn hoofd in kaart te brengen. Bij het routier bij Saint-Dié stopten ze altijd, zonder mankeren, en hoefde zij al na de eerste keer niet meer te zeggen: 'Trapje omhoog na tien stappen. Over vijftig meter linksaf', zo gemakkelijk viel hem het traject naar de eetgelegenheid waar hij, een pas achter haar, regelrecht op een vrije tafel af beende. Kijk, en wat hij dan zo prettig vond, was dat ze alleen even zijn hand op de rugleuning van een stoel legde zodat hij wist waar hij moest zitten.

Kleine dingen? Die je je vaak scherper herinnert dan de grote fatale?

Niets, helemaal niets met betrekking tot haar was klein. Het gerinkel van haar armband: een signaal van het Lot. En als ze zich in het wegrestaurant snel naar hem toeboog, als ze zei: 'Het servet zit in je glas': een influistering van de demon. Verliefd zijn op je eigen vrouw is iets ontstellends dat de hele wereld omtovert in een hol van onrust en droom. Jawel, en aan het eind van de volgende ochtend stortte hij zich al in volledig vertrouwen de suizende berg af.

Ach, dat is helemaal niet zo moeilijk. Dat was allereerst niet zo moeilijk omdat hij, vanaf zijn jeugd met deze sport vertrouwd, over een ervaren trainer uit het dorp kon beschikken die hem eerst een uurtje mocht onderwijzen op het kinderweitje en hem daarna, adequaat schreeuwend, gezelschap hield op de piste, in de stoffige kou die zijn pupil als een haarscherpe luchtspiegeling onder zich weg voelde flitsen, de diepte in, tot waar de bodem op een exact in te schatten moment weer een beetje omhoogkwam. Punt. Dat was bovendien niet zo moeilijk omdat zij, Suzanna, hem onder aan de helling stond op te wachten, welgemoed en zuiver belangstellend, zijzelf had nooit geskied en wilde daar vanwege de viool ook niet aan beginnen ('Aha! Ze is blijven spelen?' – 'Wel verdomd, waarom zou ze niet!'), dus stond ze daar, klaar om hem te omhelzen, in haar zachte gewatteerde jack waarvan de mouwen aan de pols elastisch waren, zodat hij zijn handen naar binnen kon stoten om haar bij haar ellebogen te pakken.

# 10

'Maar schei toch uit! Had u dat nooit gedacht? En waarom niet? Kunt u me één reden geven waarom zij en ik níet met elkaar zouden zijn doorgegaan? O. Ik vraag me af waar u op doelt.'

Het was me een paar keer opgevallen dat hij onder het praten zijn ogen op me gevestigd hield alsof hij me zag. Nu prikte hij met een wijsvinger in mijn richting. Wat ik me van onze vorige ontmoeting herinnerde, zijn starende blik, was hij kwijt. Ze zal hem wel hebben gezegd: 'Kijk naar mijn stem', dacht ik. De klok tegenover ons wees intussen halfzeven aan. We werden nog steeds omstuwd door de wereld die zich op transport heeft begeven. De meeste reizigers keken alsof ze dwangarbeid gingen verrichten. Van Vlooten vertelde me dat hij en Suzanna Flier een huis met een bijgebouw in de duinen bij Wassenaar hadden betrokken waar je wel de zeewind maar net niet de zee zelf kon horen.

'Hier zal alles gaan zoals jij wilt, Suzanna,' had hij gezegd. 'Maar de meubels mogen zich nog geen centimeter verroeren.'

Het was misschien drastisch gesproken van hem, dat laatste, maar zij vond het leuk. En ze werkte opgewekt en van harte mee om van het huis een geometrisch bedenksel te maken waarin alles wetmatig zijn eigen ruimte innam. Wat huizen ingewikkeld maakt, is de inrichting, niet de plattegrond, die meestal een heldere tekening is. Dit huis was als een rechthoek gedacht, met op de begane grond een entree, met op een afstand van vijftien passen de keuken, met een woonkamer gecentreerd rond een enorme schouw en, via een binnendeur, een zijkamer van zes passen in de breedte en vijf in de lengte die precies geschikt was als werkkamer voor hem. Op de eerste verdieping lagen de slaapkamers en een paar lieve vertrekjes waar ze vooralsnog geen bestemming voor hadden. Daarboven was dan de kapverdieping, studieruimte voor haar, helemaal met lichtkoepels verbouwd en van een smal houten balkon voorzien waar hij haar later weleens in een moeilijk te classificeren stemming aantrof.

Het ware spel begon dus toen de meubels werden gebracht. 'Hier alstublieft,' zei hij tegen de verhuizers, hij plaatste zijn voet op het parket en een kast daalde neer. Zo ging dat vervolgens met alles. Waarschijnlijk op hun gemak gesteld door Suzanna die wat lacherig liet blijken het in alles met hem eens te zijn, droegen de verhuizers de hele santenkraam tot aan kapstokken, vloermatten en de geluidsinstallatie toe achter hem aan, die steeds zeer vlot voor hen uitging en soms, koppig doorhamerend, een enkel stuk nog weer een paar centimeter liet verschuiven. Diezelfde avond en de dagen daarop zette hij zich samen met Suzanna aan de afgrondelijke taak van het inruimen van de laden en kasten.

'Doe niet zo muggenzifterig!' zei ze aan het eind van de week in een toestand van grenzeloze uitputting. Het hele huis was toen warm en gezellig en alles stond als het ware vastgespijkerd op zijn plek. Hij had haar verweten dat ze de asbak niet rechts, maar links van het stapeltje post op tafel had gezet. Ze heeft gelijk, dacht hij, schuivend met zijn vingertoppen op het zachte gewreven tafelblad. Ik doe vervelend. Toch schaamde hij zich niet. En een paar dagen later vroeg hij haar: 'Wie heeft die stoel zo ver naar het midden geschoven?'

'Hè?' Verbaasd bleef ze even zwijgen. Toen zei ze dat er die middag een leverancier langs was geweest en begon over een lijst die ze de man had zitten opgeven. Maar hij luisterde niet. Hij zette het op een ijsberen, van de keuken naar de zitkamer en inspecteerde daarbij met zijn handen alles wat hij op zijn route aantrof. Het bezoek had, zover hij kon nagaan, verder niets in zijn huis verstoord.

'Vergeef me maar, meisje,' zei hij toen hij weer bij haar aanschoof. 'Ik moet erg aan al dat nieuwe wennen.' Zijn schijnheilige toon, door haar voor zoete koek geslikt, verwarde hem een beetje en gaf hem tegelijk de geruststelling dat de nijdigheid waarvan hij niets snapte maar die hij toch als een blok in zich droeg, iets persoonlijks was, waar zij buiten stond, en dat hij gewoon weer kon afschaffen zodra hem dat zinde.

Spoedig daarop werd het zomer. In het huis waarin hij zich zeer vrij kon bewegen maar dat haar als een vlinder vastprikte, gingen de deuren en ramen open.

Het kostte hem in die eerste tijd nog geen moeite zich haar voor de geest te blijven halen. Kattenogen, kleine ronde mond. En vooral als ze op reis was, wat nogal eens gebeurde, kon hij zich eveneens prima voorstellen hoe ze op het podium zat te spelen, hij wist de kleur van de jurken die ze dan droeg, nooit zwart. Terwijl haar ivoorbleke armen openhartig in de weer waren, deed ze haar best haar gezicht in de plooi te houden. Bij thuiskomst werden haar gelaatstrekken altijd een tikkeltje waziger, wat hem in zijn opwinding omdat ze weer bij hem was niet veel uitmaakte: op die momenten gold zijn aandacht immers vooral haar lichaam. Het was bij zo'n gelegenheid dat hij haar op een keer bij haar pols pakte en zonder uitstel meenam naar de slaapkamer, ze had haar jas nog aan, hij was een beetje nerveus omdat hij haar anders vond, haar vond verschillen van het beeld dat hij zich via haar geur en haar stem herinnerde. Maar meteen toen de deur zich achter hen sloot, bedaarde hij en werd een en al kalmte. Ze stonden in een inktzwarte duisternis. Buiten scheen de oktoberzon, hij wist dat de dag stralend was, maar hier kon nog geen glimp van dat licht binnendringen omdat zij, Suzanna, drie weken geleden gezegd had dat ze 's nachts eigenlijk alleen echt lekker, echt diep kon slapen in het pikkedonker, waarop hij een stoffeerder had laten komen. Nu hing er achter het linnen gordijn het zware, ondoordringbare gordijn van kunststof dat ervoor zorgde dat zij op dit ogenblik op de intiemste plek van haar woning als een beschonkene stond te wankelen en tegen de meubels opbotste. Hij liep bedrijvig om haar heen.

'Geef je jas maar.'

Hij deed haar jas uit.

'Doe je schoenen maar uit.'

Hij schoof haar schoenen van haar voeten.

Het leek wel alsof het donker haar had bedwelmd, de onpeilbare duisternis haar van haar verstand had beroofd zodat het niet anders kon of het kwam op hem neer haar uit haar kleren te helpen, het bed open te slaan, haar in zijn armen te nemen en neer te leggen. Het leek allemaal van een volmaakte orde. Het was alsof alles was geprogrammeerd. Ze bleef doodstil liggen met armen en benen die wonderbaarlijk gewichtloos bleken te zijn wanneer hij ze oplichtte. De mythe bestaat dat blinden het fijn vinden om met hun vingers de gezichten te mogen aftasten en als het kan ook de lichamen van de mensen die ze in hun dagelijks leven ontmoeten. In werkelijkheid weten de meeste blinden net als normale lieden dat wat je op de tast leert kennen, en dat zo volstrekt anders is dan wat zich op afstand bevindt, in een exclusief gebied dient te blijven.

Zijn vingers verkenden de vormen, de oppervlakten en de binnenkanten van haar lichaam. Hij wist dat hij iets aan het doen was wat hij al heel lang had willen doen. Hij draaide haar om en even later weer op haar rug. Ze zei niets, deed niets. Hij had haar over weten te halen hem haar te laten bekijken, puur privé, als bij het licht van een sterke lamp, zonder daarbij door haar blik te worden gestoord. Ze waren toen al geruime tijd getrouwd. Dat haar lichaam zo mooi was, had hij niet eerder gezien.

## 11

Hij had met zijn gezicht naar de tuin gestaan en geprobeerd zich te beheersen. Achter hem ging het tafelgesprek door. Zijn zus Emily, zwakjes bijgestaan door haar man, converseerde met Suzanna over haar werk.

'Marius?'

Zij, Suzanna. Hij draaide zich om naar de eethoek, zijn vuisten in zijn broekzakken ontspanden zich, maar niet helemaal. Natuurlijk, ik moet het broodmandje doorgeven, ik moet de wijn proeven. Het zal in hun tweede huwelijksjaar zijn geweest.

'Nou,' zei Suzanna. 'Ik denk dat we zonder hem niets zouden zijn. Hij is de motor van het kwartet. Hij werkt volgens mij vierentwintig uur per dag en weet dan ook alles. Of het nou gaat om een oud, halfvergaan handschrift of om de nieuwe Kurtág, hij weet het.'

Hij. Ze had het over de altviolist van het Schulhoff Kwartet.

Haar stem veranderde. Ze richtte zich tot hem.

'En?'

Haar hand op zijn pols. Hij had de médoc een beetje in het glas rondgedraaid, hij had er zijn neus boven gehouden en er een slok van genomen.

'Goed.'

'Gepassioneerd,' ging Suzanna nog even door tegen niemand in het bijzonder. 'Een stil water met een heel diepe grond. Na al die tijd nog erg intrigerend, ja.' En ze hield een voor een de glazen zo handig even tegen de fles dat de gastheer kon inschenken.

Ze deden dit geregeld, vrienden, familie bij hen thuis ontvangen. Hij vond die avondjes meestal prettig, en vooral als er mensen kwamen met wie echt te praten viel, of echt te lachen, gaf het hem een enorme voldoening aldoor te weten dat zij aan zijn zijde was, Suzanna, en pronkte hij met haar als met een kunstwerk dat als elk kunstwerk eigengereid, in zichzelf rustend was, dat hij bij wijze van gunst wel in intieme kring wilde vertonen.

De onnozele Emily zei tegen Suzanna: 'Ik heb zeker niet goed opgelet bij jullie concert.' Ze verwarde de altist met de gedrongen, krulletjesharige cellist.

'Ja, ja, ga nou maar eten,' kwam hij geïrriteerd tussenbeide, waarop zusje hartelijk lachte en haar man iets van gegnuif liet horen. Zijn zwager Jacques was een zachtmoedige aannemer en projectontwikkelaar, weinig praatgraag behalve wanneer het gesprek over de grootscheepse appartementencomplexen ging, de malle torens, zoals Suzanna ze noemde, die hij overal aan de kust liet verrijzen.

'O, die!' herinnerde Emily zich toen Suzanna haar begon bij te praten over het signalement van de altist. Lang, donker, bril, hoog voorhoofd, een gezicht dat ernst uitstraalt maar wel...

Precies toen hem opviel dat haar woorden een beetje ademloos klonken, brak zij af omdat haar stem het begaf. Hoestend, zich uit de voeten makend naar de kraan in de keuken, wist ze nog uit te brengen: 'Maar wel met een kuiltje in zijn wang.'

Het was een verbijsterend onthullend moment. Ook hij legde zijn mes en vork neer. Even voelde hij zich als verdoofd en zijn handen zochten de tafelrand. Ik idioot, daagde het hem. Ik argeloze gek. Langzaam, diep door zijn neus inademend besefte hij dat niets hem op deze avond nog kon schelen nu de botte, opgesloten zekerheid in zijn borst dan toch eindelijk met de voltreffer van een naam was opgeschrikt. Godallemachtig, Emile Bronckhorst, de gewaardeerde collega van zijn vrouw! Zijn vingertoppen gleden langs het tot zijn knieën afhangende laken. Het was hard, gesteven en ongetwijfeld wit, kraakwit als de waarheid.

'Je ziet erúit!' riep Emily toen Suzanna, zachtjes haar borst met haar hand bekloppend, weer aan tafel verscheen.

Was deze avond in feite het begin geweest van zijn daad?

Kort daarop kreeg hij het te druk om al te veel werk te maken van dit soort persoonlijke dingen. Een reis naar Los Angeles, een reis naar New York, steden die hij goed kende en waar hij vrienden had die hem bij zijn musicologisch onderzoek hielpen. Als hij vanuit het Sheraton of het Royal Shiba naar huis belde, was ze er altijd. Had hij berekend, het tijdsverschil in aanmerking nemend, dat ze 's ochtends juist onder de douche vandaan stapte: ze nam op. Belde hij haar 's nachts om een uur of twee uit haar slaap, dan schrok ze eerst en toonde zich dan innig gevleid omdat hij alleen maar haar stem wilde horen. Met bovenmenselijke inspanning lukte het hem te vergeten dat ze een paar keer per week met het kwartet repeteerde en optrad en dat de musicus als een mens ín een mens met intimiteiten leeft waar een ander zelfs geen vermoeden van heeft.

Toen hij weer terug was, achtervolgde hij haar een tijdlang met half hoffelijke, half ruziezoekerige vragen waarom ze te laat voor het eten was – tractors met demonstrerende boeren op de snelweg – waarom ze zijn halssnoer niet droeg – kwijt – waarom godverdomme de huiskamerdeur halfopen had gestaan zodat hij ertegen op was geknald – ze had bezoek gehad – en aan het begin van de lente ontspon zich dan het zoveelste gesprek over de kinderen die hij van haar wilde.

Ze zei nee. Ze zei nog niet. Ze bleven er dat hele voorjaar een beetje over bakkeleien en telkens opnieuw zei ze nee of ontweek ze het voortplantingsthema door over de tournee van het komend seizoen te beginnen. En op een keer werd hij daar zo ellendig van, dat hij een stap naar haar toe deed, ze stonden hoog in het huis bij het kleine balkon, om haar luid fluisterend toe te bijten: 'Jij wilt je vrijheid hè?' Hij bedoelde het zo kwaad, dat hij het bloed uit zijn wangen voelde trekken en al zijn gezichtspieren verslappen.

Ja, gaf ze zonder mededogen toe en bleef slank dat verdere jaar. En toen ze hem het jaar daarna op een middag vertelde al ruim twee maanden zwanger te zijn, stroomde dat hele vervlogen jaar even naar hem terug, veranderd opeens als een landschap dat zich, als je er vanuit de verte naar omziet, heel anders voordoet dan toen je er stap voor stap doorheen trok. Verkleind zijn argwaan over de altviolist, verkleurd hun getwist over hem, vereenvoudigd de waanzinnige verzoeningen 's nachts waarbij zijn liefdesuitingen de rand van het geweld naderden. 'Dit is waar je opuit bent...' mompelde ze een keer, al bijna in slaap.

Op een nacht met de eerste sneeuwvlagen van het jaar kwam het kind zonder één complicatie snel ter wereld. Hij was erbij. Met een stethoscoop had hij de enerverende tocht van zijn zoon mogen volgen. Toen hij het merkwaardig lichte pakketje in zijn armen kreeg, voelden de kraamvrouw, de vroedvrouw en de verpleegster er zich niet ongemakkelijk bij dat hij meermaals, en heel precies, door hen beschreven wilde hebben hoe de pasgeborene eruitzag. Ook de visite in de dagen daarop kweelde overtuigend: de blauwe ogen van zijn vader en van dat typisch donkere nesthaar dat op een bepaald moment wisselt, verandert in blond.

# 12

Gezinsgeluk. Ik zag het via zijn herinnering scherp voor me. Zou er één man zijn die níet diep ontroerd raakt als hij zijn vrouw en zijn zoontje voor het eerst in de oeroude pose van moeder-en-kind gewaarwordt? Het was koud die winter, vertelde Van Vlooten me. De tuin bevroor, de nachten waren lang. 'Ik beleefde een rust zoals ik van mijn leven nog niet had gekend.'

We zaten nog altijd zij aan zij aan de bar. Ik strekte mijn rug, zag wat hij zag, maar kon me daarbij niet helemaal onttrekken aan het onwezenlijke beeld dat de wereld me intussen óók voor ogen toverde. De luchthaven was buiten proporties vol. Hadden meer vliegeniers zich bedronken? Om mij heen kijkend naar de door twee transportbanden onstuitbaar aangeleverde passagiersstroom kon ik een pilotenprotest tegen god mag weten wat wel door de vingers zien.

'Dat dacht u maar,' zei Van Vlooten op een lyrische opmerking van mij over het huwelijk en ging door met me te vertellen hoe hij het onmogelijke had gedaan om zijn gezinsgeluk eigenhandig af te breken en naar een onafwendbaar einde te helpen.

Hun huishouding had overigens gesmeerd gelopen. Ze hadden een kindermeisje aangenomen dat ook

’s avonds wanneer Suzanna moest spelen, kwam oppassen. De chauffeur was in het begin een beetje een misverstand. De kleine, verlegen man was eigenlijk door hem aangesteld om Suzanna aan banden te leggen door haar na haar optredens onverwijld met de auto naar huis te brengen.

‘Wat lief van je!’ Ze had haar armen van achteren om zijn nek geslagen, ze droeg een truitje van zachte wol. ‘Wat zorgzaam! Ik kan de verleiding bijna niet weerstaan!’

Maar het hoefde niet en de chauffeur betrok met zijn Antilliaanse vrouw het bijgebouw. Deze laatste was het die de moestuin aanlegde en twee keer per week hun keuken bezette om pom, moksi metie en bakkeljauw met kousenband klaar te maken, wat spoedig hun lievelingsgerechten werden.

‘Wilt u me een plezier doen?’ onderbrak Van Vlooten zichzelf.

‘Zegt u maar waarmee.’

‘Een fles mineraalwater bestellen.’

‘Goed idee. Het is hier warm als de hel.’

‘Gaat wel.’

Hij had nog steeds zijn blauwe regenjas aan. We dronken en zwegen. Maar het onderwerp van gesprek kwam vanzelf weer terug.

‘De kwestie is dat ik haar beeld, haar portret begon kwijt te raken.’

‘Wat!’

‘Dat is op zichzelf niets bijzonders,’ zei hij zonder op me te letten. ‘Blinden die ooit hebben kunnen zien, vergeten het uiterlijk van degenen met wie ze sindsdien nog altijd leven. Mensen die we niet meer tegenkomen, halen we ons daarentegen vaak zo voor de geest. Bekenden van vroeger zitten als foto's zo scherp in het archief van ons geheugen.'

'Begrijp ik. Ze ontwikkelen zich niet meer, en daarom...'

'Ja, ja. Zo is het,' onderbrak hij me. 'Dus Suzanna, die dagelijks met mij aan tafel zat, in de auto reed, met wie ik sliep, Suzanna's portret werd vaag en stond op het punt te verdwijnen.'

Aangeslagen plotseling pakte ik mijn glas. De triestte gedachte kwam in me op dat wat je ook doet en onderneemt in het leven, het is uiteindelijk lucht en leegte. Ik herinnerde Van Vlooten aan het gesprek dat wij tien jaar geleden hadden gevoerd, in het vliegtuig op weg naar Bordeaux, waarin hij het was die met het idee kwam dat God wel van muziek houdt, maar zeer zeker niet van het beeld, het beeld dat de tijd ontkent, botweg, na die eerst gulzig te hebben verzwolgen.

Hij hoorde me ijzig aan. Hij wist het zeker niet meer.

'En nu,' ging ik boos door, 'een tegenzet. Kijkt u nou! De doorstromende tijd is bezig het beeld te vernielen!'

Van Vlooten antwoordde niet. Na een tijdje keerde hij zich naar me toe.

'Zal ik u eens iets geks vertellen? Soms als ik me haar voor de geest probeerde te halen, 's avonds als ze weer eens weg was, zag ik in plaats van haar een schilderij dat ik vroeger in Berlijn heb gezien.' En hij beschreef me het portret van een meisje, kalkwit gezicht, paarsblauwe hoed op het hoofd, dat frontaal, in de plechtige pose van een onderwereldgodin, een Persephone, op een stoel zit met de handen als klemmen over de leuningen.

'Zoiets is mogelijk,' zei ik onverschillig.

Hij had liever dat ze niet meer optrad. Hij wilde nog een paar kinderen van haar. Hij vroeg haar of ze zo verantwoordelijk wilde zijn haar verhouding met de altviolist te stoppen en liet voorts de symptomen van een beginnende waanzin, die hij zich op dit tijdstip nog wel bewust was, onbelemmerd groeien. Toen het eens hard waaide, had ze zich weten in te sluiten in het rommelhok naast de garage. Ze moest die avond spelen. Wat ze er had gezocht, wist hij nog steeds niet en het deed er ook niet toe, maar kijk, toen ze daar was, had de wind de deur van het hok zo hard dichtgeslagen, dat de gammele kruk uit het slot was gevlogen, en wel aan de buitenkant.

Op het moment dat haar stem hem boven de wind uit bereikte, zat hij achter zijn schrijfmachine in zijn werkkamer en wist meteen twee dingen. Ze was in het rommelhok, een vertrekje van twee bij twee met tegen de zoldering een luikje, en ze ondervond iets vervelends dat echter niet wat je noemt gevaarlijk was. Goed, hij tastte naar zijn schoenen en liep naar de achterkant van het huis, intussen onwillekeurig bedenkend dat het kindermeisje met hun zoontje uit was. In de open keukendeur bleef hij staan, op twaalf passen van het rommelhok in de gierende wind die haar geroep een totaal andere richting uit blies dan die van het bijgebouw. Er zijn van die gedachten die zich als een schroeiende draad door je hersens vlechten. Ze moest die avond spelen.

Prachtig! Puur om nog wat te genieten van de kronkels, de vrije figuren van zijn gedachten, ondernam hij om te beginnen helemaal niets. Ronduit kostelijk vond hij het om zich voor te stellen hoe de altviolist vanavond op het podium zou verschijnen om zich te verontschuldigen en het publiek naar huis te sturen. Om haar geroep nog maar even te laten voor wat het was, slenterde hij weer naar binnen, ging de trap op, het huis was leeg en rook naar fresia's, hoe anders voelde deze leegte dan wanneer zij op de gewone manier weer eens afwezig was! De badkamer lag midden in het huis en er drong geen enkel geluid van buiten in door. Hij draaide de kranen van het bad open, legde schone sokken, ondergoed en een nieuw overhemd klaar en kleedde zich uit. Na het in zorgeloze ontspanning halfzes en vervolgens zes uur te hebben horen slaan, zat hij juist zijn teennagels te knippen toen zij binnenstoof.

'Wat me nou toch is overkomen!'

Ja?

Hij vernam dat ze na eeuwen van zenuwen en ongerustheid om het concert van straks dan toch eindelijk door de vrouw van de chauffeur was bevrijd.

Die avond, thuis omstreeks halfnegen, begonnen zonder aanwijsbare reden zijn handen te trillen. Het was wel zeker dat Suzanna op dat moment Mozart KV428 zat te spelen, het was waarschijnlijk dat ze met het kwartet net bezig was aan het andante con moto. Daarop begon hij zacht, welgeformuleerd de muren van zijn huis te verwensen die daar als doodstille coulissen om het isolement van zijn leven stonden terwijl zij, verderop, door iedereen aangegaapt haar honderd-, tweehonderd-, vijfhonderdvoudig bestaan leidde. Gluurders, spiedende ogen door het sleutelgat! Ja, en wat kon je ertegen doen? Kort daarop brak de tijd aan dat de meubels van zijn huis telkens wanneer hij voor zijn werk even was weg geweest, ergens anders stonden.

'Zou ú dat accepteren?' vroeg hij me.

Ik vertelde hem het geval waarover ik in mijn woonplaats Princeton had gehoord, van een man die echtscheiding had aangevraagd en gekregen omdat zijn vrouw het huisraad, tot aan dat van de caravan toe, met obsessieve daadkracht steeds maar weer verplaatste.

'Kijk!' zei hij. 'En dan hebben we het nog over een ziende!'

Ze ontkende natuurlijk. De hooghartige meid zei glashard dat het enorme William-and-Mary-bureau daar altijd al had gestaan en hetzelfde gold voor het sofaatje...'En als je nu niet ophoudt!' Ze rukte haar arm uit zijn greep. Al dagen hadden ze ruzie omdat ze eenvoudig weigerde toe te geven waar hij sinds jaren absoluut zeker van was. De altviolist, a propos, werd bij die gelegenheden door geen van tweeën bij name genoemd. De naam Emile Bronckhorst betrof puur en alleen de medemusicus van het Schulhoff Kwartet, wie hij net als de anderen na iedere eerste uitvoering van een programma in de artiestenkamer de hand kwam schudden.

'Wat vond je, Marius?' vroeg de altist hem zodoende na afloop van een concert met werk van Schubert en

Schönberg. De mannen begonnen erover te praten hoe verbluffend goed het programma met deze twee componisten wel werkte.

'Allebei provocateurs,' merkte Van Vlooten op.

'Inderdaad,' stemde de ander in. 'Allebei lef genoeg om het als het moet zonder historische support te stellen.'

Hun stemmen kruisten elkaar op dezelfde hoogte want ook de altist was groot, reusachtig van postuur.

'Zullen we gaan?' stelde Suzanna hem na een tijdje voor en hij volgde haar naar de deur van de zijuitgang, waarachter het nachtelijk parkeerterrein zich uitstrekte. Omdat hij nog niet aan hun nieuwe auto gewend was, legde ze even zijn hand op het open portier zodat hij zijn stoel kon vinden en stapte toen zelf in. Ze reden de stad uit en sloegen af naar de kust.

'Dacht u,' vroeg Van Vlooten me na een stilte, 'veronderstelt u misschien dat een blinde niet, als iedereen, een duivel voor zijn spanningen zoekt? Maagzweren, eczeem, drankzucht, slopende geestestoestanden...?' Hij bracht zijn handen naar zijn slapen als om te zeggen: maar waarom, heremijntijd, in mijn geval dít?

'Mijn jaloezie,' zei hij langzaam en het was voor het eerst dat ik hem dat woord hoorde zeggen, 'mijn jaloezie trok onze liefde die aan duizend en één dingen zat vastgeknoopt los en maakte er een wolk heen en weer schietende steekvliegen van.'

Ze reden het dorp in en namen na de rotonde de weg van Binnen naar Zee. Suzanna was zwijgzaam, ze concentreerde zich, wat op deze verraderlijk glooiende weg ook maar beter was. Maar hij zette het opeens op een schreeuwen van dat hij er niet meer tegen kon, dat ze te ver gingen, zij en haar minnaar. Razend verlangde hij van haar te weten of meneer, daar in hun hotelbedden, wel passend tegemoet kwam aan de zeer speciale, slaperige variant van het *combat amoureux* die zij vooral in de vroege ochtend zo apprecieerde!

Zijn grofheid negerend reed ze het pad op naar de garage waarvan de deuren automatisch, helderverlicht opengingen.

'Trek toch niet zo'n lelijk gezicht,' zei ze. Hij stapte zonder op haar te wachten uit.

Toen hij de keuken binnen kwam, stootte hij zijn hoofd tegen de pendellamp. Hij deed de koelkast open, maar de jenever stond niet in het vak. Op de trap stapte hij op een paar schoenen. Om erachter te komen of hij thuis was of niet, ging hij zijn zoontje een nachtkus geven: pas na een hele zwerftocht stuitte hij via de kamer van de oppas op het kinderledikant naast een kast tegen de muur. In de slaapkamer kleedde hij zich snel uit en lag al in bed toen hij haar het lampje hoorde aanknippen. Ze kwam erbij. Niet eerder dan nadat hij opnieuw de klik van het licht had gehoord, draaide hij zich op zijn zij met zoals gebruikelijk het gezicht naar haar toe.

We stapten de lopende band op. Onze vlucht was afgeroepen en we waren op weg naar een uithoek van de luchthaven, pier G86. Van Vlooten bleef achter me staan terwijl een stoet jezusmensen ons verwoed voortstappend op hun sandalen aan de linkerkant passeerde. Ik keek om en schrok opnieuw van zijn gezicht. Het lijkt wel of hij een attaque heeft gehad, dacht ik en observeerde van dichtbij de omlaagtrekkende mondhoek, die vochtig was. Heeft ze dit bedoeld met een 'lelijk gezicht'? Wat moet het vervelend zijn om er geen idee van te hebben hoe je kijkt.

'Het is nog steeds waanzinnig druk,' berichtte ik.

Van Vlooten reageerde niet en liet blijken met zijn gedachten te willen blijven waar hij was. Goed, ging ook ik naar de situatie terug, hij probeerde zijn gezicht dus voor haar te verbergen, begrijpelijk hoor, en even schoot mij de amusante erotische situatie van Amor en Psyche door het hoofd, het paar dat alleen in het donker mocht vrijen omdat het haar, het lieve kind, niet was toegestaan de identiteit van haar echtgenoot te kennen.

'Einde van de band,' waarschuwde ik.

Hij gromde, stak zijn armen vooruit en nam een lange stap. Toen we op de volgende band waren beland en ik voor de zekerheid nog eens omkeek, kon ik niet helpen dat mijn gedachten verschoven naar minder rooskleurige literatuur.

*'De ziel is een verschrikkelijke realiteit. Ze kan vergiftigd worden of vervolmaakt.'*

Mijn hand op de kleffe leuning van de lopende band, die erg traag ging, peinsde ik over Dorian Gray, de gedoemde die zijn olieverfportret op zolder achter een doek verborgen moest houden, die niemand het meesterlijke schilderij kon laten zien omdat er iets al te menselijks in was geslopen. Terwijl hijzelf mooi als de lente bleef en jong als een jong paard, nam het portret zijn weerzinwekkende levenswandel in zich op en toonde de tekenen daarvan, zonder pardon, in het gelaat. Ja, en toen was het voor mijn gedachten nog maar een kleine sprong naar de leskamer met het rode tapijt in Bordeaux, vele jaren geleden aan het eind van de ochtend, waar de beminnelijke Eugene Lehner zich over een partituur had gebogen en pas na een lange stilte een bepaalde opmerking maakte. Waar heeft de musicus, tijdens die stilte, naar gekeken?

Ik ga het hem niet vragen, dacht ik. Ik ga die gebroken, gebogen figuur achter mijn rug niet vragen of hij zijn vrouw nog weleens heeft horen spelen in dat stuk, dat meesterwerk van de gevoelige scepticus, de eigenzinnige modernist Janáček die in zijn compositie net als veel van zijn vakgenoten nogal wat dingen verborg die niet alleen het muzikale oor zoeken, maar ook het oor dat direct samenwerkt met het oog, dat van de verhalen. Zo valt in het eerste deel voor wie dat wenst een mooie vrouw concreet visueel waar te nemen, van maat 1-45, ze is getrouwd. En in deel twee, in het con moto met zijn al zeer onheilspellende tremoli, kunnen wij haar een fijn heerschap zien ontmoeten, van maat 1-47, die ook nog eens voortreffelijk viool speelt. Geflirt: 48-67; dubbelzinnige opmerkingen: 68-75; het wordt ons duidelijk dat deze kennismaking allesbehalve onschuldig zal gaan verlopen, 185-224. Dan volgt het derde deel, dat in zijn geheel een calamiteit is, en zien we dat macht van de muziek echt niet altijd onschuldig is, zeker niet als men, 8-10, Beethoven speelt.

En een ander stuk? Toen we de lopende band afstapten en Van Vlooten zijn hand op mijn schouder legde, volgde ik nog steeds bij mijzelf het derde deel, en wel de jakkerende tweeëndertigsten van de *sčasovka*, een motief dat je bij Janáček vaak tegenkomt. Nou goed, maar hier, van maat 1-34, dient het lieve dingetje om ons de kwaaie demon voor te spelen, de ellendeling die het op grootse wijze lukt om van de echtgenoot een waanzinnige te maken. De heer des huizes, als overgeërfd personage trouwens wel erg naar uitgevallen, valt in de klauwen van de jaloezie.

Jazeker, dacht ik, voortsjokkend met de blinde op een halve pas achter mij aan, hij moet dat stuk inderdaad toen al meermaals hebben gehoord, het was favoriet op de programma's. Maar daar, in Bordeaux, heeft het kunstwerk hem bij de schouders gegrepen en meer dan twintig minuten om en om gedraaid, totdat hij niet meer wist waar hij was. Zijn wat je denkt dat je bent en dan toch voor een vreemde deur komen te staan...

Toenemende waanzin, het derde deel raast verder. Getwist: 35. Geklaag: 39-59. Het andante is een beetje een adempauze, maar wat geschreven staat, staat geschreven en met een zwaar hart, 60-70, geeft de vrouw zichzelf toe dat ze een zekere fantasie, 73-88, ook in het echt zou willen beleven. In het vierde deel gaat een en ander verschrikkelijk mis.

Naar de letter dit alles, ja. Maar kunstwerken bewegen zich naar elkaar toe en van elkaar af. Brno, herfst 1923. Janáček zit aan een tafel waarvan hij onder een van de poten een opgevouwen stukje papier heeft geschoven. Hij werkt aan een stuk naar aanleiding van Tolstojs Kreutzersonate, de novelle die hem provoceert, ergert en zonder twijfel ook hevig bekoort. Bijna twintig jaar heeft hij met de door liefde en jaloezie bevangen personages geleefd en ook als componist al eens aan hen gedacht. Nu noteert hij in een dag of acht wat hij te zeggen heeft. Alles lukt meteen. De componist, bijna zeventig is hij, geeft de spiraal van passie en noodlot die zich van sonate naar novelle naar strijkkwartet beweegt een nieuwe draai.

Nadat hij de vier maten van het Maestoso heeft opgeschreven, wacht hij nog geen seconde maar gaat zonder er nog naar om te zien door en werkt bijna gedachteloos tot aan het avondeten verder. Wanneer hij een paar dagen later zijn potlood neerlegt, bladert hij de noten een keer langzaam door, wrijft over zijn gezicht en blijft nog een hele tijd roerloos zitten. Zijn wie je wilt zijn, in opperste concentratie, maar van die ander die je ook bent kom je nooit helemaal los. Kan het de ruimte tussen die twee zijn geweest, het terrein waar het kunstwerk vandaan komt, waar Eugene Lehner toen, in Bordeaux, naar heeft zitten kijken?

Een vrouwenstem door de speaker riep nogmaals onze vlucht naar Salzburg af. Zoiets maakt altijd een beetje jachtig, maar door de drukte konden wij toch niet erg opschieten. Vrij onverwacht stuitten we op bord G86 met een pijltje omlaag. We daalden een paar traptreden af en betraden een ruimte waar het overrompelemd rustig was met alleen de passagiers naar Salzburg en Boekarest die op busvervoer naar het vliegtuig wachtten. We gingen erbij zitten. Uitblazend had ik het gevoel dat de hand van Van Vlooten nog steeds op mijn schouder lag, zo zwaar had hij dit laatste stuk op me geleund.

'U weet zeker dat u het vervloekte onderwerp van gesprek voort wilt zetten?' vroeg hij. Zijn stem was kalm, maar hij trok een gezicht alsof hij bedoelde: heb het lef eens om me nu nog te stoppen!

'Ik luister,' zei ik.

# 13

Het gebeurde in de trein. Suzanna zat tegenover hem en meldde dat ze door groene velden reden met bermen van klaprozen en korenbloemen. Ze hadden bij vrienden in Brussel gelogeerd, hadden met die vrienden nog een kalm lunchuurtje besteed in het stationsrestaurant en reisden nu naar huis terug. Onder de misleidende invloed van de cadans van de trein kwam het gesprek op huwelijksproblemen, die van Emily en de projectontwikkelaar, en begonnen ze zachtjes te praten over de escapade van zusje.

'Ach,' zei Suzanna op een bepaald moment. 'Je ergert je te gauw aan haar.' En toen, een geeuw wegslikkend: 'In elk huwelijk gebeurt toch weleens wat?'

Als in trance hoorde hij zichzelf dat beamen. Hij ging verzitten, lachte toen zij hem plagerig iets vroeg en gaf als in trance toe: 'Ja, natuurlijk wel.' Waarop Suzanna na weer een vraagje iets vernam over een zoete banaliteit, een jaar of wat geleden, met een Engelse deelneemster aan het symposium *Spiegel der Musikkritik* in München. Gezegd moet worden dat hij en Suzanna juist weer zo'n periode beleefden waarin ze vaak en van harte met elkaar sliepen, wat hen altijd enorm verbroederde.

'Marius!' reageerde Suzanna op een toon van goeiige gechoqueerdheid en hij grijnsde, voor zichzelf in het midden latend of zijn opgewekte schuldbesef haar gold, de ruime Suzanna, of de geleerde jonge vrouw aan wier ronde en gevulde lichaam hij een moment heel plezierig terugdacht.

De coupé schudde. 'Vlaanderen is mooi,' zei Suzanna. Gevaarlijk met elkaar doorkletsend biechtte ook zij op haar beurt een wandaad van vroeger op.

Hij deed of hij niet luisterde.

Alsof ze blij was haar hart eindelijk eens te luchten, eindelijk open kaart te spelen omdat dat in een huwelijk misschien toch wel het beste was en temeer als je een man had die niet kon zien, gaf ze vrij precies een paar details over de tournee indertijd naar Israël. Hij sloot zijn ogen. Liet het hoofd wat opzij zakken. Een bewonderaar, een lieve jongen die over een planken huisje aan het strand bij Eilat beschikte, ze giechelde even. Hij besloot aan iets willekeurigs te denken – de projectontwikkelaar diende zich aan – en hij begon zwaar en langzaam te ademen als iemand die op het punt staat in te dommelen. En terwijl hij zich zachtjes snurkend de nieuwste, nog in aanbouw zijnde 'compositie in beton en hardsteen' van zijn zwager voor de geest haalde, acht verdiepingen hoog, speelse indeling, en nadacht over de grootste attractie ervan: uitzicht op de Noordzee, stierf haar gebabbel weg. Goed, haar echtgenoot deed een tuk, geen gek idee, hij hoorde dat ze haar schoenen van haar voeten schoof en op de bank een plek voor haar benen zocht.

Dit zal ongeveer een dag of veertien voor de moordaanslag zijn geweest, toen ze nog rustig sliep in een treincoupé die op hun tweeën na verlaten was. Dat er een maniak tegenover haar zat, een man wie het duizelde van het soort onrust dat altijd een uitweg vindt, wist ze niet. Toen de conducteur de deur openschoof, was hij het die de kaartjes overhandigde. Pas bij het binnenrijden van Den Haag Hollands Spoor tastte hij naar haar knie. 'We zijn er hoor.' Toen ze de taxi in stapten, dacht hij even heel rustig en met een gevoel van volstrekte redelijkheid: ik zou graag van haar af willen, en gaf de chauffeur hun huisadres op.

Een vage wens, nauwelijks meer dan een fantasie. Welke weg moet iets eventueels in je leven bewandelen om het te brengen tot besluit? Om kwart voor zeven de volgende ochtend ging zijn wekker af. Hij had voortreffelijk geslapen. Onder de douche, terwijl zij nog even bleef liggen, onder de hete straal gedurende een minuut of vijf met ten slotte een paar tellen koud, was zijn bewustzijnstoestand nauwelijks anders dan normaal. Zijn plannen voor die dag overdenkend, overdacht hij ook nog een ander plan, een idee dat in de nacht van gisteren op vandaag dan misschien door een waanzinsgebied mocht zijn getrokken, het stond hem nu kort, bot als de conclusie van zeer slim denken, voor ogen.

Met voorbedachten rade. Wat van alles wat vreselijk is als het allervreselijkst wordt beschouwd.

'Dat is toch zo?'

Van Vlooten vroeg het me mompelend, maar met

een kinbeweging naar de uitgebluste rij reizigers tegenover ons als om te zeggen: spreek het eens tegen!

Ik keek van hem weg, de wachtruimte in waar het merkwaardige zwijgen alleen werd verstoord door een Slowaak die zijn pijp stond uit te kloppen tegen het raamkozijn.

'Och,' zei ik toen. 'Wat maakt het uit? De zorgvuldig beraamde wandaad, of het delict-met-het-waas-voor-de-ogen? Voor mij putten ze uit precies dezelfde razende bron.'

Hij reageerde niet op mijn opmerking. Ook niet toen ik nog opperde: 'De waanzin op termijn is toch sowieso sluipender, verleidelijker, zeg maar verstándiger?'

Hij was aan de ontbijttafel gaan zitten. Door het raam scheen de zon op zijn handen. Hun zoontje was de trap af gekomen, gevolgd door Suzanna die brood in de rooster ging doen, eieren uit de pan scheppen, thee inschenken. Terwijl hij met het zesjarige jochie zoals altijd wat zat te kwebbelen, schoven de gewone, dagelijkse dingen weer aaneen en sloten zich boven een paar enorm relevante vragen. Wanneer, en: hoe?

Buiten op het pad stonden de twee door de chauffeur al klaargezette auto's, die van Suzanna vooraan. Het kwartet repeteerde altijd in Voorburg, bij de altist die van hun vieren het beste bereikbaar woonde.

'Dacht u dat het er nog toe deed? Nee, er hoefde geen speciale gedachte meer aan verspild te worden, ook geen woorden, ze bedroog me al jaren op haar gemak en onder hoogst gunstige omstandigheden met onze goede bekende uit het Schulhoff Kwartet, het ensemble waaraan ze toch al haar leven wijdde. Natuurlijk, dat weet ik wel, mijn standpunt betrof een nooit door haar toegegeven en ook onbewijsbare veronderstelling, een duivelse koorts, maar daarom nog niet onwaar. En de scènes waarin mijn vrouw figureerde, speelden zich echt niet alleen in mijn hoofd af, maar ook buiten die schedel, tussen de verschuivende meubels van ons huis en tussen onze o zo soepeltjes bewegende vrienden en kennissen!'

Kort daarna, toen zijn zwager op een avond weer eens uitweidde over de woontorens aan zee, raakte hij zo geboeid dat hij hem vroeg er eens eentje te mogen bezichtigen. 'Lacht u niet, er zijn heel wat blinden die in de loop der jaren een uiterst fijnzinnig, gespecialiseerd gevoel ontwikkelen voor muren, gangen en plafonds die ze door de terugkaatsende akoestiek als het ware met hun oren kunnen zien. Ze waarderen deze constructies niet minder dan architecten dat doen.'

Zodat hij zich de volgende ochtend, een koele dinsdag, op de bouwplaats liet afzetten. 'Twintig minuten,' zei hij tegen zijn chauffeur. 'Dan ben ik wel weer terug!'

Hij was even blijven staan, had de chaos van de bouw gevoeld, ergens speelde een radio, toen klonken er voetstappen op het plankier en schalde hem een stem tegemoet. Zijn zwager begroette hem en greep zijn uitgestoken hand.

'Kom mee. Daar zijn de liften.'

'Nee,' antwoordde hij. 'Ik neem de trap.'

De ander leek te begrijpen dat een gehandicapte als hij de hoogte van het gebouw, de acht betonnen etages, graag fysiek wilde ondervinden.

Een klim van een minuut of zes, zeven. Hij stond happend naar adem op het platte dak van het topappartement. Half bedwelmd door zuurstofgebrek hoorde hij het gedreun van de zee van beneden geweldig naar hem opstijgen en zich vermengen met zijn gedachten.

'Het mooiste, het enige uitzicht op de pure natuur dat wij in Nederland nog hebben,' riep zijn zwager, ook nahijgend, achter zijn rug. 'Water, wolken, een magnifieke boot op de horizon!'

'O, ja?' antwoordde hij en dacht: hou je verkoperspraatje maar voor je. Ik kan voor mijzelf goed formuleren waarom Suzanna hier in dit ruime lichte penthouse eventueel wel zal willen wonen.

Meeuwengekrijs. De wind in zijn gezicht, de onzichtbare striem die voor een ziend iemand onmogelijk dit zoutgehalte kon hebben en deze prikkeling die de gekste dingen in je naar boven haalde, zoals nu bijvoorbeeld, dwars door alles heen, de stem van Suzanna die eerst suggestief vertelde wat ze uittrok, jurk, kousen, en vervolgens wat ze nog aanhad, van lichtgroene zijde en duur, want ze was een vrouw met een grote behoefte mooi gevonden te worden.

'Moet ik u nog vertellen wat ik die hele verdere dag en ook de dag daarna niet meer van me af kon zetten?'

'Ik heb er wel een idee van,' zei ik ontwijkend.

'Ja, dus wat me vooral bezighield, waren de afmetingen en de ligging van het dakterras dat ik zorgvuldig tot aan de rand met mijn stok had afgetikt, of mijn zwager dat nou gevaarlijk vond of niet. De vanuit Carrara geïmporteerde balustrade van groen marmer ontbrak namelijk nog.'

Suzanna had vrij in die dagen, waardoor hij haar rustig over het appartement aan zee kon informeren, haar warm praten voor een verandering in hun leven en haar nieuwsgierig genoeg maken om eens met hem te willen gaan kijken. Zijn zwager had hem de tekeningen verstrekt. 'Grote stukken papier,' zei Van Vlooten me en hij gaf toe dat hij er een speciaal genoegen aan had beleefd deze voor Suzanna op zijn bureau uit te vouwen en ze hem door haar te laten beschrijven.

Ze had zich over zijn schouder gebogen.

'Een woonkamer van zes bij acht,' zei ze nadenkend.

Ze steunde met haar linkerhand op de stoelleuning en volgde met haar rechterhand de zwarte hoekige lijnen. Haar borst licht tegen hem aangedrukt, zei ze: 'Een terras waarvan je de deuren helemaal open kunt schuiven.'

Wat er dan door hem heen ging?

'Probeert u het maar niet te begrijpen,' zei Van Vlooten. Hij vertelde me dat wanneer hij thuis was, de dagen daarop, hij zich kalm en precies zat voor te bereiden op wat hij als een opgave zag, moeilijk maar niet onmogelijk, een subtiele taak die een man in zijn leven moest kunnen vervullen. Omdat Suzanna ook steeds over de vloer was, stoorde ze hem nogal eens. Hij wilde eigenlijk geen woord meer met haar wisselen, die laatste periode, dus werd ze kwaad, stond in de gang tegen hem te schreeuwen en eiste dat hij zijn mond opendeed, waarop hij geërgerd van zijn tafel overeind kwam, even naar haar toe liep, even stilstond om een sigaret op te steken, de deur van zijn werkkamer voor haar neus dichtdeed en zich zonder uitstel weer concentreerde op een daad die hij nog geen seconde als iets werkelijks zag, maar die hem wel interesseerde en rustig maakte.

'Zo ging dat dus, meneer,' zei Van Vlooten. 'Was ik thuis, dan leek de hele onderneming een oefening, een partituur, zonder aanduiding van instrumenten, die niet bedoeld was om ooit uitgevoerd te worden.'

Zijn mondhoek trok opeens heftig: bevond hij zich daarentegen acht verdiepingen hoog, was hij opnieuw die duivelse trappen opgeklommen, wat in die laatste week tweemaal gebeurde, dan voelde hij zo'n kwaadheid dat hij besloot te doen wat hij was begonnen.

Die donderdagavond zat Suzanna in de serre te telefoneren. Het was een van die eindeloze gesprekken van haar met iemand van het kwartet, het interesseerde hem niet. Toen ze de hoorn neerlegde, zei hij: 'Luister eens.' Ze stond op, liep de kamer door en kwam onwillig bij hem op de bank zitten. Met een volstrekt onpersoonlijke opwinding om een daad die zo ver gevorderd was dat hij al vrijwel begaan was, vroeg hij haar of ze zin had om morgenochtend eens met hem te gaan kijken.

Hij was er 's middags voor de zekerheid nog even geweest. De zon scheen, er stond een lichte bries. Hij had zich door de chauffeur af laten zetten en was in zijn eentje het trappenhuis in gegaan, zijn zwager had hij er niet meer bij nodig. Gespannen, zeer aandachtig was hij omhooggesjokt, maar met een onverschillig gezicht vanwege de arbeiders die hij om zich heen bespeurde en die hem intussen wel kenden. Toen hij met de betonlucht nog in zijn keel boven kwam, bonsde zijn hart in zijn ribbenkast maar stonden zijn zintuigen op scherp, zo scherp dat hij dacht: Suzanna, wel godallemachtig, en stond hem haar gezicht voor ogen, sprekender dan hij zich ooit had voorgesteld, haar al bijna uitgewiste portret, en zag hij in gedachten haar hele figuur, in schitterend geel, zoals zich dat op een zomerdag onder het stemmenrumoer van een club drinkende mensen frontaal naar hem had toegekeerd. De werkelijkheid verlaten. Zoiets duurt maar even; wat daarna volgt is meestal een ellendige leegte. Zoekend naar de lift schuifelde hij eerst de verkeerde richting in, toen vond hij de knoppen en zakte hij omlaag door het nog open skelet van de flats in aanbouw, door de herrie van het werk, het dreunen, het boren en ergens een holle, verwaaide schreeuw die misschien een groet was.

Ze zweeg zoals hij dat van haar kende, in mokkend protest.

'Je bedoelt naar het appartement?' vroeg ze toen.

'Ja,' zei hij.

Hij voelde hoe ze aarzelde. De sfeer in huis was de laatste tijd niet te genieten geweest.

'Goed.'

# 14

Er verscheen een bus achter de glazen deur. Tegelijkertijd slenterden er twee luchtvaartemployés naar de balie. Iedereen kwam in beweging. Van Vlooten strekte zich even in volle lengte uit. Toen hij wankelde, drukte ik hem zijn stok in de hand. Het was nog heel warm, merkte ik toen we buiten kwamen. Het asfalt gloeide, de bus gaf trillende lucht af. Toen Van Vlooten naar binnen stommelde, bood iemand hem onmiddellijk zijn zitplaats aan. We vertrokken met een scherpe draai. Me schrap zettend in het gangpad kon ik niet verhinderen half over mijn metgezel heen te vallen. Boven zijn lip zag ik zweetpareltjes. Ik dacht: wie rond een bedenksel een hoop drukte maakt, wil daar natuurlijk ook wel eens iets van realiseren... In het vliegtuig was het koel. We stegen op op een salonorkestarrangement van *Wohin so schnell*, kregen een glaasje kersenschnaps aangeboden en gaven ons over aan acceleratie, opwaartse krachten en de compressie in de cabine die natuurlijk lijkt, maar dat niet is en iemand die daar gevoelig voor is ongemerkt boven zijn theewater brengt. Van Vlooten boog zich naar me toe. 'Laat ik u dit vertellen,' zei hij met een hoge hese gedempte stem. 'Ik werd die ochtend buitengewoon uitgerust wakker.'

Hij ademde zwaar.

# 15

Het was een prachtige meiochtend. Als gewoonlijk het eerst uit bed, schoof hij het zware gordijn waarachter de ramen de hele nacht open hadden gestaan opzij om de tuin op te snuiven, nog vochtig maar al een beetje verwarmd door de zon, met op de achtergrond de zandlucht van het duin dat het zeegeruis niet doorliet omdat er geen zuchtje wind was deze dag. Dit alles kende hij, al sinds zijn geboorte, en een minuut of wat bleef hij staan om te voelen hoe geheimzinnig zoiets is, wanneer het al gebeurde van een voorbije tijd je laat weten dat het opschuift, onherroepelijk, dat het onderweg is naar wat nog komt. Was dit het noodlot?

En zag het noodlot er twintig minuten later uit als een vrouw, een man en een jongetje aan de ontbijttafel? Misschien, of misschien voor de helft en bestond de andere helft van het lot uit je hart, samenkrimpend, bloederig, stug doorkloppend.

'Waarom eet je niet?' zei Suzanna die 's ochtends nooit praterig was bij wijze van begroeting.

Hij deed net of hij haar niet hoorde en vroeg voor de vorm aan zijn zoontje: 'Benno, wat heb je vannacht gedroomd?' Het kind begon hem onverwijld iets te vertellen dat hem geen lor interesseerde, maar dat hem wel met iets duizelingwekkends deed denken: Straks! Straks zal alles, helemaal gereorganiseerd, weer tot rust zijn gekomen!

Hij stond op, in zijn hand een kop koffie waarvan hij de rand met zijn wijsvinger afgedekt hield om de stand van de vloeistof te weten. Erg traag, alsof hij al uitrustte van de dingen die hij nog niet had verricht maar wel heilig van plan was, liep hij door de open deur het plaatsje op dat aan de bloemenafrastering van de moestuin grensde.

'Ik eet niet omdat ik geen honger heb!'

In de zon tegen de buitenmuur leunend dacht hij: kijk, we zijn al opgestaan, het ontbijt is vrijwel achter de rug en als Suzanna nu een beetje op wil schieten het kind naar school te brengen, zou me dat meer dan welkom zijn. Toen hij zijn polshorloge aftastte, gutste de koffie over zijn hand. Hij dronk het kopje snel leeg, zette het naast zijn voet, gaapte en moest zich dwingen om het gapen vervolgens te stoppen. Zijn ogen traanden. Dit is dus het begin van een rampzalige dag, bedacht hij, maar nu is er nog niets gebeurd en alles gedraagt zich volgens de goede oude regel dat het kalmte is, de natuurlijke aard van de dingen, en geen taaie waanzin die een mens ertoe brengt zich op een uitwas, iets heel ongewoons in zichzelf toe te leggen.

Ze toeterde toen ze om kwart over negen terugkwam van school, en liet de motor draaien. Hij stapte in. 'Aan het eind van de Wassenaarseweg meteen scherp rechtsaf, je weet wel,' zei hij met zijn rug tegen de stoelleuning en zijn hoofd wat vooruitgestoken, luisterend, de slingerbeweging van de weg volgend waarmee hij zeer vertrouwd was geraakt. Toen ze op nog een paar van zijn aanwijzingen alleen maar 'Ja' zei, en toen ze bij het Duinhotel nota bene verkeerd reed en moest keren, begreep hij dat ze niet al te nauwkeurig naar hem kon luisteren omdat iets in haar eigen stemming haar afleidde.

'Nu moet je het ding toch kunnen zien staan!'

De bewuste plek. Ze parkeerde op de stroken plaatijzer die het bouwterrein berijdbaar maakten. Strakblauwe lucht en weer meeuwen, vermoedde hij toen ze de auto hadden verlaten. Op een afstand van een meter of vijftig dreunde een kraan met een rammelende grijper. De zee hoorde je hier nog niet.

'Kom mee.'

Hij ging haar tikkend met zijn stok voor naar de hal waar het tochtte door het ontbreken van ramen en deuren. Waarom protesteerde ze niet? Waarom stelde ze niet voor om gewoon maar de lift te nemen? Hij sjokte de eerste trap op in het tempo van iemand die het traject kent waarover hij zijn krachten verdelen moet. Zonder zich naar haar om te wenden, waarom zou hij, babbelde hij wat over de te verwachten opleveringsdatum, maar zweeg toen er van haar totaal geen reactie kwam. Op de tweede en derde trap had hij zelfs de gewaarwording dat hij alleen was, zo stil bleef het achter zijn rug, dat de hele onderneming hem beetnam en er bij nader inzien de voorkeur aan gaf maar te blijven wat zij tot nu was geweest, een gekmakend idee. Hij omklemde de leuning, zijn zwetende hand gleed weg. Maar vierhoog, toen hij naast een ladder en een aantal verfblikken even bleef staan, hoorde hij haar duidelijk, zachtjes, hijgen. En op dat moment viel hem in: ze voelt het, ze voelt dat hier iets aan de gang is, de plek betovert haar al en het gevaar, het gevaar dat ze nog niet helemaal doorziet en dat haar daardoor des te meer interesseert, lokt haar met grote overredingskracht stap voor stap verder.

Ze klommen hoger. Over de trappen van de bovenste verdiepingen lag een wirwar van telefoon- of elektriciteitskabels, draden waarmee de bewoners van straks zich met de wereld in verbinding zouden gaan stellen. Hij stapte erlangs, zijn voetstappen echoden in de ruimte, van de hare hoorde je niets. Hij schudde zijn hoofd, duizelig. O, het was door haar gekomen, door haar verlammend meegaande gedrag, dat hun lopen, hun ademhalen, hun zwijgen de gevaarlijke, wezenloze kracht van de ceremonie was begonnen aan te nemen!

Hij verlangde nu naar het platform in de buitenlucht. De tochtstroom die vanuit het trappenhuis opsteeg, was koud en hinderde hem. Daarbij had hij het zonderlinge gevoel dat niet hij maar zij het was die geen hand voor ogen kon zien en dat ze zich ontzettend moest inspannen om hem in het donker niet kwijt te raken. Hij telde de treden. Oplettendheid, geen gedachten, natuurlijk niet. Dit soort momenten zijn geen momenten van de gedachte, maar van het geheugen en het sterke voorstellingsvermogen.

Haar dagelijkse gedrag. Haar kleding. Haar geur. Haar goede humeur en haar rotbuien. Haar stem die het kompas was waarop hij haar altijd kon vinden, het vaste noorden in een wereld die voor de rest erg beweeglijk was. Ze had haar vlecht al een tijdje geleden afgeknipt en droeg het haar nu los op de schouders. Haar kalmerende opvattingen, haar beschrijvend talent en haar nieuwsgierigheid. De sensuele manier van redeneren van het wezen dat gewend was 's avonds laat naast hem op de bank een comfortabele houding aan te nemen. Ze was sinds de geboorte van hun zoon wat breder in de heupen geworden maar haar enkels waren nog net zo smal als zijn polsen. Haar ellenlange telefoonkwebbels. Haar geschater met vrienden, ze was een vrouw die hij zelden of nooit hoorde huilen. Haar feestjes thuis. Haar kindermiddagen. De avondjes waar ze buitenshuis samen naar toe gingen en zijn roes, al in de auto, door het parfum in haar hals. Haar muzikaliteit. Vaak was het hem gebeurd dat hij haar hoog in het huis hoorde studeren, dat hij dwars door de etages heen de viool hoorde, droevig, energiek, *largamente*. Als hij dan zijn hoofd ophief om te luisteren, kwam het hem voor dat hij zich op grote afstand van haar bevond, verder weg dan haar vioolkoffer, haar muziekstandaard, haar partituren en partijen waarin ze onder de lamp aan tafel met een potloodje in de hand had zitten snuffelen.

Dit alles herinnerde hij zich, een scherp, verheugend beeld, voorzien van een innerlijke stem die hem zei: Nog even! Zo kwam hij bij de laatste trap, waar hij de ijle zoute atmosfeer van het dak al kon ruiken. In spanning, al zo lang aan de rand van een zenuwinzinking, voelde hij geen enkele twijfel want haar bedrog stond met zekerheid vast, al deed dit nu niet veel pijn meer.

Zijn voet plofte op de tegelvloer. Hij had zich in het aantal treden vergist.

'We zijn er,' zei hij.

'Je beeft helemaal,' zei ze met een zucht.

Hij hoorde haar door de kale vertrekken lopen. Met de bouwtekeningen nog in haar hoofd bekeek en meubileerde ze de 'verblijfsruimte', de 'onbenoemde ruimte', de 'keuken', 'badkamer' en nogmaals een 'verblijfsruimte' en zei intussen geen woord, waarvoor hij dankbaar was. Hij wachtte. Naast de geheel opengeschoven glazen wand van de zitkamer stond hij op het dakterras te luisteren of ze de ware verlokking van de flat, de 'buitenruimte', al zou gaan betreden.

Hij dacht nauwelijks aan haar. Hij dacht helemaal niet aan haar als aan een vrouw die haar hals draaide, die even bleef staan of haar ogen samenkneep om het huis te bestuderen waarin ze misschien wel zou komen te wonen, in haar achterhoofd, haar zeer vreemde stemming ten spijt, al een idee van hoe de rest van de dag zou verlopen. Een onvoorstelbaarheid voor hem. Zoals ook haar zijden broek, wijd en sportief met zakken met knopen onder de knieën, haar schoentjes van suède en haar zachte T-shirt voor hem totaal onvoorstelbaar waren nu zij, op een afrondende beweging na, al helemaal was wat ze voortaan zou zijn: toekomstloos.

Hij hoorde de zee die zich terugtrok, het was eb. En het gebrom van waarschijnlijk een jeep van de strandpolitie, dat langzaam in noordelijke richting opschoof en dan wegstierf. Terwijl hij haar positie op een paar passen afstand nauwkeurig bleef peilen, voelde hij niet de geringste aarzeling. Integendeel, er moest een handeling ten uitvoer worden gebracht, en de magische kracht daarvan was zo sterk dat hij die als een taaie, autoritaire bedoeling in de spieren van zijn armen kon voelen. Zoiets heeft niets meer te maken met willen of niet willen, met ja of nee. En dat de aantrekking om te doden hem allerminst vreemd was, dat hij aanleg had om op een zeker moment 'nu' te zeggen, had hij tenslotte al eens bewezen.

Ze slenterde in de richting van het terras. Stond stil op de drempel. Heeft ze een ogenblik naar de zee gekeken en zich, zoals dat iedereen altijd gebeurt, in de oneindigheid van water en hemel en in de duurzaamheid ervan verloren? Op dit uur van de dag was de zee donkerder van tint dan de lucht, tegen de avond zou dat omgekeerd zijn. Hij zei niets, maakte ook geen gebaar naar haar, maar klemde zijn kaken opeen, strekte zijn arm, tikte nogal nadrukkelijk met zijn stok, legde de paar passen af naar de hinderlaag, op de decimeter nauwkeurig, en lette op. Ze volgde als een dier dat op een bepaald moment niet meer wegrent voor het gevaar, maar er juist naar toe vlucht omdat het er altijd al onlosmakelijk mee was verbonden.

Zo gebeurde het dat ze op haar plaats kwam te staan. Niet te zien, niet te horen. Toch wist hij dat hij en zij samen nu die ene strenge positie hadden ingenomen, van doelwit en vizier, die gelijk is aan een bevel. Dus ademde hij met de grootste concentratie in.

Op een zonnige open plek, met beneden in de keet de bouwvakkers aan de koffie van halftien en wat zijn hart betreft, daarin bevond zich op dit moment nauwelijks nog iets persoonlijks. Zo was het, een heel abstract moment waarin hij zich vrij moet hebben gewaand, onbegrensd vrij om iets te doen waarvan niemand ooit iets zou weten. Wat is de waarheid van een geheim? Een zorgvuldig bewaard geheim, hoe lang houdt het de dingen in stand voordat het een eigenschap gaat vertonen die het vanaf het begin ook heeft gehad: leugenachtigheid? Dat kan vliegensvlug gaan. Je bent wat je doet, misschien wel ja. Maar een daad in permanente staat van verzwegen worden kan heel snel uit je leven verdwijnen, want er is geen mens die je erop aankijkt.

Toen schrok hij van een geluid. Suzanna, op een handbreedte van hem af, ademde heel diep in, minstens zo diep als hij, en gedurende één krankzinnig ogenblik schoot het door hem heen: ze moet niezen! Ze krijgt een van die rare niesbuien die ze wel vaker heeft!

Het moment was voorbij. Ze week achteruit. Hij hoorde een paar voorzichtige passen. De hele constellatie, nog maar net op de millimeter nauwkeurig kloppend, was al verschoven, onmogelijk ver uiteen, en de wereld had zich losgewurmd uit zijn greep. Hij verroerde zich niet, wendde alleen zijn hoofd om. Ze was op de drempel van de woonkamer en het terras blijven staan en hij wist zeker, absoluut zeker, dat ze elkaar nu recht in het gezicht keken, hij met een grimas die alles toegaf en voor altijd zijn ware gezicht zou zijn, zij zo meedogenloos scherp dat ze hem als het ware kon horen denken: ik heb je liever dood, dood!

Hij hoorde haar door de zitkamer naar de trappen rennen.

# 16

'Jawel, ze nam de trappen.'

En Van Vlooten sperde zijn mond wijd open, wat op mij, versuft door de gebeurtenissen die ik had aangehoord, even zo macaber overkwam dat ik dacht: hij houdt het niet meer! Toen echter voelde ikzelf ook de pijnlijke druk op mijn oren, het vliegtuig verloor hoogte en dat ging nogal snel.

'Salzburg!' zei ik met een blik op mijn horloge. Het was twintig over elf.

Van Vlooten ging rechtop zitten. 'Ze rende naar de trappen,' hernam hij. 'En ik ben er vrijwel zeker van dat ze ze stuk voor stuk, alle zeven, is afgedenderd, wat ik van haar kant uit volledig begrijp.'

Ik gaf te kennen dat ik het ook wel begreep. Tree voor tree omlaag, dacht ik, in haar eigen snelheid en op haar eigen voeten, natuurlijk, en intussen was ze zich bewust van het alsmaar toenemende verschil tussen hem en haar, tussen het dreigende schandaal daarboven en zij, een gestorven en weergekeerde geest, die haar autosleutels al zocht.

'Hoe bent u thuisgekomen?' vroeg ik bekommerd.

Dat was nog niet meegevallen. Van Vlooten vertelde me dat toen hij beneden kwam, de bouwplaats was veranderd in een spookoord zonder enig gerucht. Hij verdwaalde op de zandvlakte, raakte zijn stok kwijt, liep bij toeval tegen de keet op maar die was verlaten. Na een struikeltocht in de volle zon lukte het hem de Zeereep te bereiken, waar hij na een hele tijd door een automobilist, een Duitse vakantieganger, werd opgepikt. Zo kwam hij thuis, te moe om op ook maar één gedachte te komen en te bevreesd om naar binnen te durven. Hij bleef wachten aan het begin van de oprijlaan, leunend met zijn hand op de brievenbus waaruit een krant stak. Toen, al gauw, merkte hij dat de twee auto's met open portieren op het grindpad klaarstonden. Er drongen voetstappen tot hem door, maar geen stemmen. Kort daarop werden de portieren dichtgeslagen. De motoren begonnen te draaien.

'Ze reden vlak langs me heen,' zei Van Vlooten met een stem waarmee hij me zijn ongeluk zonder terughouding liet blijken. 'Het grind sloeg tegen mijn voeten, ik voelde mijn verstand als een valbijl terugkomen. In het volle besef dat ik mijn leven te gronde had gericht, week ik terug tegen het lage houten hek.'

We landden. Toen ik hem zijn regenjas uit het bagagevak aanreikte, zei Van Vlooten: 'U bent een beste jongen.' En in de aankomsthal vroeg hij me nog hoe laat het was. 'Bijna middernacht,' zei ik, terwijl ik bedrukt opmerkte hoe wij, reisgenoten die hun bestemming hadden bereikt, ons van elkaar distantieerden. Nadat ik zijn koffer voor hem van de band had gepakt, begon hij een pas voor mij uit te lopen. Wetend dat hij door een kennis zou worden afgehaald, dacht ik al: dat was het dan, toen hij, de reusachtige blinde, zich bij de paspoortcontrole omdraaide en de hele rij reizigers verschrikte door met wegdraaiende ogen te blijven staan.

'Pardon. Neemt u me niet kwalijk. Entschuldige!' mompelde ik.

Ik drong naar voren.

'Vaarwel,' zei ik en pakte zijn hand, die stijf en koud aanvoelde.

# Zestien jaar later

Een winterdag, eind november, een zaterdag. Jarenlang had ik nauwelijks aan het tweetal gedacht, maar die dag zou ik bij toeval het eind van hun geschiedenis vernemen. Onbewust had ik altijd aangenomen dat ik dat eind met eigen ogen had gadegeslagen, zo hopeloos en hartverscheurend als wat, toen ik de criticus in Salzburg door de douane zag schrijden, niet zozeer oud, als wel zielsverloren en verschrikkelijk door het leven gedeukt. Het beeld dat ik had van Suzanna Flier viel voor mij vanaf dat moment met geen mogelijkheid meer met die moeilijke persoon, en nog gehandicapt ook, te rijmen en ik nam zonder meer aan dat mijn ambitieuze jeugdvriendin met haar groep de Europese muziekpodia afreisde en daarbij nog heel lief voor haar zoontje zorgde.

Mijn woonplaats was Boston, in die tijd. Ik was uitgenodigd om in Wiesbaden een seminarium over *Musik für Augen und Ohren* bij te wonen, om in Parijs een aantal gastcolleges over Janáček en zijn fascinatie voor de dood van zijn heldinnen te geven en om, allereerst, in Amsterdam een lezing te houden met als titel *De blik van Orfeo. Een abuis?* Dus nam ik op die heldere koude dag een taxi om vanuit Boston naar Schiphol te vliegen en onderweg, zo onverwacht dat het me de adem benam, de namen van Van Vlooten en die van zijn vrouw, Suzanna Flier, tegen te komen en even heel stil te worden.

Het hoofdthema van hun mooie en verschrikkelijke verhaal bleek niet datgene te zijn waaromheen mijn geheugen, al sinds lang, een cirkeltje had getrokken.

Want ik zeg niet dat dit paar me niet nog een tijdje danig had beziggehouden. Me niet door het hoofd was blijven spoken tot ik ze had ondergebracht in het gebied waar ze voor mijn gevoel ook vandaan kwamen. De samenleving van deze wereld, die is toch in hoofdzaak kunstzinnig? Al die beschavingen, die revoluties en die prestaties: kon het kwaad zich eens iets af te vragen over het hoe en waarom? Zonder Homerus geen Shackleton, peinsde ik een keer naar aanleiding van het bestaan dat bestaat, in een ijzingwekkend prachtig decor, maar zelf nauwelijks iets weet te verzinnen. En zo wendde mijn belangstelling zich dan weer naar Marius van Vlooten en Suzanna Flier, en naar de etappes van hun lot. Toen Van Vlooten en ik op die langvervlogen nacht de Oostenrijkse douane passeerden, waren we allebei moe. We hoorden de claxon van een auto buiten, we hoorden wat geroep en gepraat en we hoorden daarbovenuit de eeuwige vrouwenstem uit de luidspreker in de hal. Ze sprak ons aan over het thema van de erotiek, de waanzin, de compassie en het radeloze moment waarop een paar weet dat het maar beter voorgoed uit elkaar kan gaan.

Zonnig, maar koud. De jonge taxichauffeur schonk

geen aandacht aan de wieltjes onder mijn koffer, maar tilde hem met gemak op en stapte voor mij uit. Toen hij het achterportier opende, zag ik dat hij even naar het boek in mijn handen keek. Het was een Turks werk, in het Engels vertaald, een dikke roman die me zou helpen de ruim zes uur aan boord van het vliegtuig het hoofd te bieden en totaal ergens anders te zijn. We reden weg, even ontmoette ik de ogen van de chauffeur in de achteruitkijkspiegel, ik voelde dat hij op het punt stond iets te zeggen maar zich bedacht toen hij zag dat ik het boek al had opengeslagen. Zonder een woord te wisselen bereikten we na een kalme rit de luchthaven.

'Dat stille huis,' zei de jongeman terwijl hij het handvat van mijn koffer uitschoof. 'Ik droom er nog weleens van.'

In de vertrekhal zag ik hoe verstandig het was geweest een boek mee te nemen dat mij al volledig in zijn greep had. De monitor wees uit dat mijn vlucht was uitgesteld en bij navraag bleek dat de KL218 een van de toestellen was die wegens ijsafzetting op de vleugels op een behandeling stonden te wachten. Van de anderhalf uur die het ongerief duurde, merkte ik niets: ik las. Het was alleen zo dat ik, toen ik ten slotte aan boord ging, de hele situatie nauwelijks herkende omdat ik meeleefde, uitsluitend, met de weemoed rond dat al bijna verlaten huis, het Turkse, uit mijn boek. Feit is niettemin dat ik in de Boeing 747 met een capaciteit van 465 passagiers op de middenrij belandde, de minst comfortabele, en dat drie van de 465 passagiers een praatgraag vriendenclubje vormde waarvan er twee aan mijn rechter- en een aan mijn linkerkant een stoel hadden toegewezen gekregen.

Er werden kranten uitgedeeld. Ik greep er een. EU-leger nog ver weg, China belooft beterschap, zwartgeldaffaire in Nederland, tbc in Rusland, huizenmarkt flink omhoog, mannelijke zaadcellen worden overbodig, geldschieters voetbal willen doelpunten, Chirac kraakt Amerikanen, drie miljoen voor manuscript *Ulysses*, alarm vanwege dioxinepaling... Het echte leven, de praktijk. Terwijl het toestel opsteeg, staarde ik naar de krantenkoppen die op geen enkele manier aansloten bij wat ik aan drama en fortuin in mijn hoofd had, noch bij enige logica die mij iets zei. Intussen lagen wij op koers en waren de vrienden aan weerskanten van mij met elkaar in gesprek geraakt. Omdat ik als obstakel in hun midden zat, moesten ze om zich verstaanbaar te maken soms vrij hard praten maar toen ik aanbood om van plaats te wisselen zeiden ze: 'Och, waarom?' Zodoende moest het mij wel opvallen dat de twee vrouwen, die zich als op de televisie buitengewoon actueel en geroutineerd uitdrukten, werden geobsedeerd door het inzicht dat seksuele relaties leuk, probleemloos en gevarieerd dienden te zijn, en dat de jongeman daar soms iets tegen inbracht.

'Gek,' richtte de brunette rechts van mij in een kort wijd rokje met daaronder een broek zich bijvoorbeeld tot de blonde, wat vooroverhangende jonge vrouw aan mijn andere kant. 'In mijn vorige relaties leverde ik altijd ik weet niet wat in, god wat was ik onder de indruk van Mister Big, maar tegenwoordig denk ik vaak, wow, leuke man, echt een konijn hoor, maar: does he meet my needs?'

De blondine haalde haar hand door het mooie haar dat als een gordijn naast haar hoofd hing, boog nog dieper voorover en antwoordde toen pas, zijdelings opkijkend: 'Ik ben dat ook beu, die symbiose van alledag, ik geef echt om mannen, maar mijn dagen en nachten zijn voortaan van mij. Ik heb zes jaar een vaste relatie gehad. Hij kocht Coco Chanel voor me en lapte om de andere zaterdag de ramen van onze flat. Toen begonnen mijn positieve gevoelens te slinken en kreeg ik iets van: is this all there is? Seksueel, dacht ik, heb ik weinig aan hem en toch zit ik aan hem vast. Nou goed, ik heb een prima inkomen. Ik kon het me veroorloven de deal te verbreken.'

Ik bracht mijn rugleuning naar achteren. Een onverklaarbare bedroefdheid begon mij te besluipen. Achter de vensterruitjes hing de rode avondschemering al. Tussen de rijen stoelen was een stewardess bezig, loom, ontroostbaar glimlachend, hete handdoekjes uit te delen met een tang. Nu liet ook de jongeman, die het verst van mij af zat, iets horen over liefde en trouw. Toen hij opwierp dat erotiek, ware erotiek, monogaam is door de concentratie van driften, als door een brandglas gericht op één enkel punt, staarden de vriendinnen hem aan en fronsten hun voorhoofd alsof ze nadachten. Tot leven kwamen ze pas weer bij zijn geklaag over de vrouwen bij hem op het werk, die wel erg gauw hun tanden lieten zien.

Ik keek leeg voor me uit, ik hoorde het gepraat zo'n

beetje aan en wist niet waar mijn voorgevoel van grote rampzaligheid vandaan kwam. Het roerloze vliegtuig, dat zoëven nog had getrild en gestampt, deed mij denken aan een schip dat door een van die ontzettende oceaangolven tientallen meters wordt opgetild. In deze stemming viel aan mijn boek niet te denken, en daarom pakte ik maar weer de krant die nog op mijn knieën lag en vouwde hem met een rukje op een nieuwe pagina om.

Het linkermeisje, intussen: 'Die dingen zitten in jezelf, that's *it*! Dat we beter dan zij communiceren is onderdehand wel bekend. Dat onze managerscapaciteiten ons door de natuur zijn gegeven, regelrecht via het moederinstinct, ook. Dus? Uitbuiten hè, de vrouw die je bent, want als je het zelf niet doet, doen de anderen het wel!' Het rechtermeisje, peinzend: 'Bij ons op kantoor hebben we altijd de grootste lol.' Het linker: 'O, wij ook!' Het rechter: 'Onze policy is in de eerste plaats fysiek. Waarom zou je van je borsten geen statement maken? Van je vrouwelijkheid niet argument nummer één? Vorige week had ik een zakengesprek, een tamelijk hard issue over provisies die ik wenste. Okay, de meneer komt binnen, ik reik hem een hand, laat hem plaatsnemen, draai me om om het concept te pakken, onderschep nog net zijn blik op mijn kont en steek met een glimlach van wal. Ha, de power die je dan voelt!' Het rechter: 'Laatst moest ik van alles te weten komen over private banking maar ik had haast of was gewoon lui, weet ik het. Dus loop ik naar de documentatie-unit en zeg tegen de lieve jongen die daar achter het scherm zit:

Everyone has his limits. Hij kijkt op, ik lach hem toe, een en al honey and cream, ik draag een zacht wikkeltruitje, je kent het wel. Wetend dat hij al, op zijn hormonen aangesproken, de pineut is, beken ik hem dat ik ontzettend slecht in dat gesurf op internet ben en eh, of hij misschien even...' De vriendinnen schoten allebei in de lach en een van hen begon zachtjes *I'm climbing to the top* te zingen.

Ik moest er al een tijdje naar hebben zitten staren.

Eigenlijk las ik die advertenties niet meer. Al sinds een paar jaar was ik ermee opgehouden die berichten te volgen. Zwart ingekaderd stond daar steeds vaker iemand genoemd die ik kende en moest ik geschokt, in één oogopslag, vaststellen hoe een mensenleven was afgerond, teruggebracht tot het dragen van een naam.

Suzanna Flier.

Mijn hart sloeg over. Ik bracht de krant dichter bij mijn gezicht en keek als in een droom naar de twee woorden van die naam, tot alle realiteit eruit weg was gevloeid. Toen begon ik het overlijdensbericht te lezen, met de ouderwets obligate aanhef: Tot ons leedwezen geven wij kennis... En drongen de feiten tot mij door. Suzanna Flier, innig geliefde echtgenote en moeder, was omgekomen door een noodlottig ongeval, een vliegtuigcrash die in de tekst niet nader werd aangeduid, maar waarover ik een paar dagen geleden wel iets via de krant had vernomen. Ze was blijkbaar zonder gezelschap aan boord geweest, of in ieder geval niet met dat van haar naasten – de annonce was opgesteld namens vier gezinsleden uit Wassenaar: Marius van Vlooten, Benno, Beatrijs en Lidwien – en ook niet met de drie collega's van het Schulhoff Kwartet, die op dezelfde pagina een eigen rouwbetuiging hadden geplaatst.

Wat moet ik nog zeggen?

Het verhaal was voorbij. Het liet me in een toestand van schrik en verbazing achter. De dingen hadden zich anders ontrold dan ik me had voorgesteld en er zat een werkelijkheid in mijn hoofd die ik na verloop van zestien jaar wel eens mocht bijstellen. Ik sloeg mijn ogen op, ik zag dat de drankwagen naderbij kwam, ik knikte naar de steward en wees sprakeloos naar de whisky. Van dit soort situaties zegt men wel dat er geen woorden voor zijn, maar ik had er twee.

Ze hebben zich dus verzoend, dacht ik en toastte in gedachten op Van Vlooten en Suzanna Flier, grandioos! Alles was in orde gekomen, wie had dat gedacht, jarenlang was ik hen uit het oog verloren en intussen vergeten dat een paar harten gewoon waren blijven doorkloppen, warm, verlangend en ja, vol schoonheidsgevoel voor hun – speciale – geval. Verzoening! Ik schudde mijn hoofd, dronk zeer snel mijn glas leeg en vroeg me af wat de volgende halte zou zijn op deze lijn, die, meende ik, nog wel eventjes verder zou gaan. Kunstwerken respecteren de dood niet, dacht ik beneveld, vanuit het bekende gaan ze het onbekende te lijf, gebruiken dat voor hun thema's en reiken die, als blauwdrukken, dan weer aan het echte leven aan. Opnieuw keek ik naar het rijtje namen in de verkreukelde krant. Beatrijs en Lidwien… veertien-, dertienjarige meisjes, zo stelde ik me voor, dochters, een tweeling misschien, waarmee Suzanna Flier haar man een ongelooflijk plezier had gedaan.

'Another drink, sir?'

De steward schroefde het flesje al voor me open.

Ik dronk, onbeweeglijk op mijn stoel, de veiligheidsgordel nog vast. Het ongeval had de publieke verbeeldingskracht sterk beroerd, maar omdat ik nog aan mijn lezingen werkte, had ik nauwelijks televisie gekeken. Het vliegtuig, op weg van New York naar Brussel, was kort na het opstijgen voor de kust van Long Island uit elkaar gespat. Ooggetuigen, vanuit hun zitkamer uitkijkend over de oceaan, hadden een vuurspoor gezien en, na de klap, witte rook die wegdreef richting zee. Deskundigen waren het erover eens dat geen van de inzittenden ook maar de geringste kans had gehad toen de cabine uiteenscheurde, er een gapend gat op hen toeschoot en de romp, op 2300 meter, in een hel van vuur veranderde terwijl zij afstormden op de laatste plot, altijd dezelfde, van het leven.

Met dank aan Henk Guittart, altviolist van het Schönberg Kwartet, en aan Milan Škampa, altviolist van het Smetana Kwartet, op wiens analyse van het eerste strijkkwartet van Janáček de beschrijving in hoofdstuk twaalf is gebaseerd.